verlag die brotsuppe

Der Autor bedankt sich bei Stadt und Kanton Bern für den Werkbeitrag.

Der verlag die brotsuppe wird vom Bundesamt für Kultur mit einer Förderprämie für die Jahre 2016–2018 unterstützt.

www.diebrotsuppe.ch
ISBN 978-3-03867-007-0

Umschlagbild: Patrick Savolainen
Schrift: Hindemith von Patrick Savolainen
Druck: Bulls Graphics, Schweden

FARANTHEINER

PATRICK SAVOLAINEN

Die Erinnerung einer Erinnerung

Wenn sie sich recht erinnere, setze die Erzählung mit einem unüblich weit aufgespannten Himmel ein, der von dunklem Blau über feine Töne Rosa und Silber an den Rändern stellenweise bis ins Weiße gereicht habe und unter dem ein unebener Teppich aus Felsen, trockenem Buschwerk und losen Steinen ausgebreitet worden sei.

Über einem Hügel stieg eine kleine Staubwolke auf. Erst recht durchsichtig, doch schon bald genauso dicht wie der Sand darunter und den Rauchschwaden einer Dampfeisenbahn gleich fortwährend paffend. Dieser kleinen Wolkenkaskade folgten kurz darauf zwei Reiter. Ihre beiden Pferde setzten die Hufe auf den Boden, wie es zur Vervollständigung der Erzählung später an anderer Stelle noch einmal geschildert wird.

Obschon sie sich mit gleicher Geschwindigkeit bewegten, trabte das eine Pferd schwerfälliger, was damit zusammenhing, dass es unter der Last beider Reiter litt, während das andere Pferd bloß leichtes Gepäck zu tragen hatte. Darüber hinaus fiel aus weiter Distanz ebenfalls die kraftlose Körperhaltung des vorderen auf, der sich, unschwer auszumachen, allein aufgrund der Umklammerung durch den hinteren und damit eigentlichen Reiter im Sattel halten konnte. Schon der Kopf wog ihm zu schwer, als dass dieser ihn nicht kopfüber vom Pferd geworfen hätte. Der Hut rutschte darauf verzögert der pendelnden Bewegung hinterher, die wiederum mit dem Klappern der Beine gegen die Seiten des Pferdes einherging.

Dem hinteren und eigentlichen Reiter saß der Hut tief im Gesicht. Dem Gewicht des vorderen und uneigentlichen Reiters zum Trotz saß er mit entspanntem Becken aufrecht. In der einen Hand die Zügel, schloss die andere die Umklammerung und hielt dabei des vorderen Reiters Bauch etwas oberhalb der rechten Leiste, griff dazu durch dessen Ledermantel und drückte einen dicken Fetzen Stoff gegen das zerschlissene Hemd. Dieser war vollgesogen von Flüssigkeit, dass er seine eigentliche Aufgabe nur noch schlecht erfüllte und das weitere Blut hinunter auf den Sattel lief. Immerhin verhinderte der Stofffetzen, dass sich der Sand im aufgerissenen Fleisch niederließ. Der eigentliche Reiter war von Statur und von den Bewegungen her ein robuster Mensch, der sich den Unwegsamkeiten des Lebens durchaus bewusst war. Wenngleich er sie nicht in Worte fassen konnte, hatte er sie erlebt, war er durch mancherlei biografisches Dickicht gegangen und brauchte dieses nicht zur Sprache zu bringen, die Erinnerungen waren ihm Sätze genug; reichte es denn nicht, dass nicht bloß Bilder und Gerüche, aber auch Sätze aus dem Gedächtnis heraus in die Gedanken fielen, gar solche, die man nie gehört hatte? Und doch stand dem eigentlichen Reiter, ungleich zu all den Wassern, mit denen er gewaschen war, ein gewisser Schock ins Gesicht geschrieben. Bald würde sich die Sonne und mit ihr die Hitze über den Horizont werfen und über die beiden hermachen. Der eigentliche Reiter würde dann umso dramatischer in einen Kampf mit der Zeit verwickelt werden. Würde es ihm gelingen, seinen verletzten Partner rechtzeitig in die nächste Ortschaft zu bringen? Er blutete in einem fort. Viel Wasser war nicht mehr übrig in den mitgeführten Kanistern. Der Weg zog sich noch lange hin. Höchstens eine Handvoll Stunden blieben ihm. Die Sonne war da keine Hilfe. Und das Pferd lahmte. «Es war an der Zeit, das Pferd auszutauschen.» Ein kurzer, sanfter Ruck der Zügel und das berittene Pferd drosselte seinen Gang, worauf das unberittene Pferd ebenfalls nur noch langsam schritt, und die beiden Pferde, eines nach dem anderen, blieben stehen. Der eigentliche Reiter wollte den Wechsel möglichst lange hinauszögern, um die Wunde des uneigentlichen und inzwischen recht bleichen Reiters nicht zu verschlimmern. Es war der Tod, der hier stetig zu Werke ging, die Farben aus dem Gesicht und durch die Wunde hinaus in den trockenen Tag wusch. Fahle Töne von Weiß, ein Hauch Grün, liegen gelassene Hühnereier. Und um die unter ihren verschlossenen Lidern glasig ruhenden Augen spukten die Schatten. Das restliche Gesicht war befreit von Furchen und Falten, wie sie das Alter trägt, der neue Anstrich hatte sie übermalt.

Nicht nur flächenweise Dunkel sah der alte Mann, dem die Lider mit dem Gewicht seines ganzen Schädels auf die Augen drückten. Immer wieder stiegen ihm grobe Umrisse aus einem feinen, weißen Spalt von unten ins Sichtfeld. Wenn seine Augen für einen Augenblick ganz geschlossen blieben, flossen die unförmigen Abbilder weiter über die Netzhaut, flackerten, bis sie nach einer Weile Form annahmen, einen Ring bildeten, ganz ähnlich dem der Netzhaut, diese imitierten und also Abstand nahmen von dem Gesehenen und das Sehen selbst bedeuteten – und mit dem Zucken der Lider jäh von neuen, wolkigen Bildern überspült wurden.

Nicht nur vage, bildliche Eindrücke hatte der alte Mann, der sich mit letzter Kraft in die Umarmung des Reiters begab und allein deshalb nicht vom Sattel fiel. Mit einer Klarheit, wie er sie vom durch den Sehapparat Zugespielten schon lange nicht mehr gekannt hatte, fütterten ihn Gehör und Spürsinn mit weiteren Bildern. Er sah die Nüstern der beiden Pferde, wie sie sich in ungleichem Takt, beide heftig, in kontrahierender Bewegung blähten und zusammenzogen, wie sich ihr Mund darunter kaum rührte, wie sich die feinen, weißen Haare dafür um so deutlicher, doch langsam, Fühlern gleich in alle Richtungen streckten, wie die Augen auf den Boden stierten, die Ohren ängstlich der Umgebung lauschten, und das viele Nackenhaar sich bei beiden Pferden in einer dichten Mähne verlor.

Erst vom Nachlassen der Umklammerung, dann vom Hören sah er, wie der Reiter in einem Satz vom Pferd sprang und die Stiefel, von denen er – halb Erinnerung, halb Geräusch – das dunkle Leder und die konkave Ornamentierung auf Höhe des Fußgelenkes zu sehen glaubte und wie sie dumpf auf dem Boden auftraten. Der alte Mann sah jedoch nicht das Bild seiner selbst, das eine träge, nicht all zu schwere Ladung zeigte, die aus dem Sattel und dem Gleichgewicht heraus zur Seite hin und gegen den Boden in die Hände des Reiters fiel, der sie wiederum mit Geschick noch aus der fallenden Bewegung heraus auf das andere Pferd schwang. Indes sah er zur selben Zeit den Schmerz, den er dabei verspürte, unfigürlich, doch in wilden Farben, ein Glas Federroter, der gegen eine weiße Wand geschüttet wird. Über diesem anhaltenden Bild des Schmerzes hörte er keines der weiteren Bilder, die in seine Ohren rieselten: Nicht das Öffnen einer Gürtelschnalle, nicht das Reißen von Baumwolltuch, nicht die wenigen, ihm geltenden Worte, auch nicht deren Laut, wenn sich darauf Bilder einstellen. Dafür sah er Federroten wiederholt und mit der Geschwindigkeit eines langsamen Tieres gegen die weiße Wand spritzen.

Der von seinem Sattel gesprungene Reiter pupperte erst mit der hohlen Hand die beiden Pferde, holte dann einen Streifen Hemd aus der Gepäcktasche, band sie los und auf dem anderen Pferd an, verband die beiden Zügel neu, balancierte dabei den Verletzten, damit dieser nicht vom Sattel fiel, sprach auf ihn ein, dass er ihm sogleich den Verband wechseln werde, wechselte den Verband und sah sich schließlich nach hinten um in Richtung der aufgehenden Sonne. An den Bergspitzen goss sich bereits das Licht hernieder, jeden Moment würde es auch die Reiter erfassen. Nach einer Folge prüfender Blicke und Handgriffe warf er sich auf den Sattel, umklammerte den Alten und befahl durch ein doch recht schwierig herzustellendes Geräusch – etwas zwischen Pfeifen, Rufen und leisem Geschrei – den beiden Pferden weiterzureiten. Just in diesem Moment spürte er die Sonne auf seinen Rücken trommeln.

Von der Anhöhe aus flohen sie der Hitze und ritten dem Gebirge entlang.

Die Augen des Reiters folgten in Sakkaden den verschiedenen Hervorhebungen des Geländes. Wozu brauche der Mensch Bücher, wenn ihm doch die Natur solch wundervolle Erscheinungen bestellt habe und wenn sich die Augen im Gestein ganz ähnlich bewegten, wie sie es in Buchseiten täten, dachte er dabei, solche und ähnliche Gedanken kamen ihm immer wieder, seit ein kleiner Junge ihn einen Analphabeten geschimpft hatte, nachdem er ihm auf offener Straße unter seine Nase ein aufgeschlagenes Buch hingestreckt und ihn gebeten hat, den letzten Satz daraus vorzulesen. Dabei war der Reiter keineswegs dem Lesen unkundig, vielleicht nicht so geübt, wie es andere waren, doch daran lag es nicht, er konnte bloß genau jene Schrift, jene Zeichen nicht entziffern, sowohl einzeln nicht als auch nicht in ihrer Folge, was nicht daran lag, dass es Wörter einer anderen Sprache waren oder die Buchstaben unleserlich klein gedruckt oder der Reiter gar eine Sehschwäche besaß, nein, es war tatsächlich die Schrift, die so seltsam gebrochen ganz anders daherkam, als das von Hand Geschriebene und Gedruckte, wie er es kannte. Der kleine Junge war Täufer einer büchernärrischen Gemeinde, das wusste der Reiter, eine Reihe von äußeren Merkmalen – das Hemd, die Hose, die Frisur, aber auch der Buchumschlag, die kantigen Bewegungen, ja, eigentlich alles an dem Jungen – deuteten darauf hin. Dass die Aufforderung, dem Jungen vorzulesen ein missionarischer Trick war, wusste er hingegen wiederum nicht. Doch er wusste, dass jene Täufer auf der genau anderen Seite des Berges an dessen Fuß ihre Häuser und mit diesen ihre Gemeinde errichtet hatten und so darf angenommen werden, dass er, jetzt, wo er diesem leichten Gebirgszug entlang ritt, an die Episode mit dem Jungen dachte oder wenigstens an dessen Gemeinde, den Glauben, den sie praktizierte, oder die Gläubigkeit, mit der sie praktizierte, oder ganz allgemein an Formen von Spiritualität. Er suchte ja auch, einen Mann vor dessen Tod zu bewahren. Er wollte dem Tod eines Anderen entfliehen, indem er diesen in die nächste Ortschaft ritt.

Einem Tod ritten auf einem Pferd zwei Reiter davon.

Die Hände des eigentlichen Reiters verstärkten ihren Druck auf die Wunde des Verletzten, die Beine den Druck auf die Seiten des Pferdes, das daraufhin seinen Gang beschleunigte, während weiter das Blut in den Sattel rann.

Das lederne Haarband löste sich unter dem Hut des alten Mannes und sein weißes Haar schlug auf die Seiten, gegen die Brust des Reiters, drängte in den Laufwind hinaus und peitschte mit diesem das aufgehende Sonnenlicht.

Wie das Gelände, so fielen auch die Pferde, vom Trab fielen sie in den Galopp. Ihre Beine in einen dreitaktigen Rhythmus, dem die Hüfte des alten Mannes der Gewohnheit wegen zu folgen gewusst hätte, der es nun jedoch an Kraft fehlte und also den Reiter aus dem Rhythmus und beinahe vom Pferd riss, hätte sich das Gelände und hätten sich mit ihm nicht auch die Pferde wieder aufgefangen in eine Ebene und die Pferde erst in einen zwei- und schließlich in einen gleichmäßig viertaktigen Rhythmus. Korallenbüsche und anderes Gewächs stieg an, als sie das Gebirge hinter sich ließen.

Von den zwei Reitern und den beiden Pferden unbeeindruckt ging ein sanfter Wind.

Spätestens an dieser Stelle würde der eigentliche Reiter seine Schweigsamkeit überwinden müssen, um den körperlich umnachteten, uneigentlichen Reiter vor weiterer Umnachtung zu bewahren. Doch weder Worte noch Silben fielen ihm zu. Er könnte aussprechen, was ihm durch den Kopf ging. Hatte er nicht gerade noch Gedanken gedacht? Auch aus Worten geformte oder welche, die sich wenigstens in Worte überführen ließen? Weshalb wollten sie ihm nicht in den Sinn? Natürlich, er könnte auch Sinneseindrücke beschreiben. Doch was hielt ein alter Mann von solch Dahergeredetem, hielt es ihn tatsächlich bei Bewusstsein, oder würde dieses Gerede ihn nicht viel eher davon abhalten, seine letzten Konzentrationsfetzen auf einen Jüngling zu verwetten und viel eher dazu anhalten, diese dem Geheimnisvollen zuzuwenden, das jenes Augenfällige ganz und gar umspielte?

Der Reiter atmete einen tiefen Zug der heißen Morgenluft ein und suchte mit dem Mund nach einer Silbe; die stoppeligen Backen streckten sich und die trockenen Lippen pressten sich über dem Kinn vom Kiefer weg, wo sie sich unter ihrem zusammengezogenen Fleisch zu einer Tulpe formten. Dahinter drückte die Zungenspitze gegen die Munddecke: «Sie», sprachen diese Lippen aber nicht aus – dafür silbenlose Luft, Töne, kurz darauf Melodien. Pfeifend zögerte er das Sprechen hinaus. Pfeifend stahl er sich aus der Verantwortung.*

Ein scheuer, leiser Klang ging durch die Nacht dieser schweren Hitze auf den alten Mann zu. Ein über seinen Klang verwunderter Ton ging unter der Hitze durch die schwere Nacht dieses frühen Morgens auf den alten Mann zu. Darauf folgten auf selber Höhe sieben weitere Töne, wovon die ersten noch genau so scheu, alle weiteren immer kräftiger klingend einen Takt aufsetzten. Es folgte ein deutlich höherer Ton und zu den Streichern setzte nun auch das Klavier ein, zwei Takte später die Perkussion und später noch ein Cembalo. Während die Violinen in kurzen Strichen und die Tasteninstrumente in bestimmten Schritten sich dem alten Mann näherten, zogen ihn die tieferen Streicher in langen Zügen dorthin, wo es einen nach dem Früheren verlangt. Unter der selbstgefälligen Sonne dieser Nacht, die sie war, wurde der Moment vom Augenblick ausgefüllt, war von Vorübergehendem bestimmt, war «angesichts»: Angesichts des abziehenden Gebirges dachte der Alte an …, angesichts der Umstände zog es ihn …, angesichts des Bisherigen … und: angesichts der Möglichkeit des Ausbleibens des Zukünftigen ... In dieser und ähnlicher Weise verloren sich ganze Jahrzehnte in dem uneigentlichen Reiter zur Melodie seiner Jugendjahre, die der eigentliche Reiter unwissend pfiff – sie kam ihm von einem Film, den er vor einiger Zeit gesehen hatte.

Während der alte Mann ganz in Gedanken unter die Zeiten und in den Augenblick hineinstieg, unternahm der Reiter seinerseits das einem Menschen wie ihm Mögliche, um die beiden aus diesem Augenblick heraus und in den Tag zu retten. Seinerseits ebenso «angesichts» – angesichts der Wunde des Verletzten ... angesichts der drängenden Zeit ... angesichts der Umstände ... ritten sie eine Geschwindigkeit, die angesichts – vergaß er das Pfeifen und ließ lose die Worte aus seinem Mund heraus.

«Ich muss meine Schweigsamkeit überwinden», sagte der Reiter zu sich. «Ich muss endlich sprechen», sprach er seinen Gedanken oder dachte er sich das zu Sprechende aus.

«Nur zu», hustete der alte Mann.

«Ich muss etwas sagen.»

«Dann sag *etwas*.»

«Ich muss reden.»

«Ganz Ohr.»

«Ich muss Sie mit Worten bei Bewusstsein halten.»

«Ich höre zu wie gebannt», hustete der alte Mann.

«Doch bin ich kein Mann der Worte.»

«Wer fordert hier Worte? Wer fordert einen Mann?» Husten. «Sag mir lieber, reiten wir bald durch die Sukkulenten?»

«Bald.»

«Ich will, dass wir dort für eine kurze Rast vom Pferd steigen.»

Mit dem Verweis auf die Umstände versuchte der Reiter dem alten Mann den Wunsch auszureden, doch lässt sich dieser nichts ausreden, das Alter, die Endlichkeit, sagte er und sprach von Frechheit.

Zwischen Agaven und Kakteen hielten die Tiere, der Reiter stieg vom Pferd und machte sich daran, den alten Mann hinunterzuhieven. Als er seine Hände ausstreckte, schoss ihm die Sonne in die Augen und es flammten des anderen Konturen auf. Der alte Mann war ein brennendes Stück Schiefer, über ihm flimmerte die Luft. Schweiß drückte dem Reiter in die zusammengekniffenen Augen, mit dem Handrücken suchte er das Licht und das Wasser aus den Augen zu wischen.

«Ich kann hier sitzen bleiben. Wegen mir brauchst du dir keinen Rücken zu krümmen. Dreh dich lieber um und suche einen Kaktus. Einen üppigen, einen, der aber seine besten Zeiten bereits hinter sich hat. Der zu den Größten gehörte, nun aber von den Tagen –, du weißt, was ich meine. Such dir so einen aus. Er muss von kleinen, dunklen Punkten befallen sein. Je mehr, desto besser. Die Punkte sollen sich bewegen. Wenn du näher trittst, um so mehr. Sie sollen flirren. Wie die Hitze in deinem Kopf. Wie die Hitze in deinen Augen. Greif nach einem dieser Punkte oder nach zwei, vier, fünf. Je mehr, desto besser. Du sollst mir diese Punkte einsammeln und zu mir bringen. Siehst du sie? Bewegen sie sich? Sie müssen sich bewegen. Vielleicht sitzen sie bereits auf der von der Sonne abgekehrten Seite der Pflanze. Ich weiß nicht, wie spät es ist. Wenn sich die Punkte nicht bewegen, sollst du mir keinen davon bringen.»

«Sie bewegen sich.»

«Gut. Wir haben nicht alle Zeit der Welt. Der Tod ist mir auf den Fersen. Was sage ich, Fersen. Der frisst mir hier die Leber weg. Beeile dich also.»

Der Reiter streckte dem Alten eine halbe Handvoll Läuse hin, während er sich den Hut ins Gesicht schob.

«Schildläuse», sagte der Alte, griff in die Schüssel, die die Hand des Reiters formte und schob sich ein Dutzend davon in den Mund.

«Verstehst du?», kaute der Alte hustend. «Wo ich herkomme, färbt man mit ihrem karminroten Blut eine Reihe von Aperitif-Getränken. Die Laus schmeckt nicht danach, doch erinnert sie mich daran, aufs Meer zu schauen und ein Glas bitteren Likör in der Hand zu halten. Nun aber reitest du mich nach Frühsüßwassersprünge.»

In der bleiernen Hitze ritten die zwei Gestalten durch die Sukkulenten und durchs weiße Licht. Unter den Hufen blendender Schutt und brennende Kieselsteine.

«Erst ist es die unvorstellbare Ausdehnung von Leben, die vor dir hergeht, ins Alter gekommene Fleischmassen, Blutmassen, Behältnisse gefüllt von dem, was ein Leben bedeutet, eine Ewigkeit von dir entfernt, kurz: Ein Zustand so voller Ferne, dass du ihn nie erreichen wirst, unsterbliches Leben in dessen letzten Jahren, Jahre, die allesamt je Ewigkeiten sind, Tage, Nächte, Eimer voller Wochen und haufenweise Monate, es sind deine Stunden, deine Tage, deine Leben, die schwache, zerfaltete Gestalten noch vor sich haben, vor sich herschieben, in die Tage, Nächte, in die Jahre gekommenen Jahre, diese Alten, ins Alter gekommenen Alten, tragen deine Leben ins Alter hinein, ganz unsterblich wandeln sie ihrem Tod entgegen, sind der lebende Beweis, dass ein Leben unendlich dauert. Und machen keinen Halt. Sie altern einfach weiter, ohne dir einen Begriff davon zu geben. Du bist ein Kind. Ihre Worte bedeuten dir nichts, sie sind Hülsen bloß, nicht dass dich das stören würde, du suchst nicht danach, du willst nichts davon, nicht dass du nichts davon wissen möchtest. Den Tod kennst du, bevor du das Alter kennst, bevor du das Altern kennst. Immer stirbt etwas. Fliegen sterben, Katzen, Onkel, Verwandte sterben. Dein Vater stirbt vielleicht, vielleicht stirbt auch deine Mutter, dein Bruder stirbt oder deine Schwester. Ein Freund. Vielleicht sterben sie alle, noch ehe du einen Begriff vom Altern hast. Die Großeltern sterben ganz bestimmt, bevor du weißt, was Alter heißt. Du wächst noch, du alterst nicht, du wirst bloß älter. Deine Brust schmerzt, so voll ist sie von Verlangen, so verlangt es dich nach Verlangen, langst du danach. Deine Brust ist so gefüllt davon, dass man es ihr ansieht, sie wächst in die Form des Verlangens. Und dafür schämst du dich. Es ist nicht die Scham darüber, was du bist, du schämst dich für alles, was du noch nicht bist, sein könntest, gewesen sein könntest, eines Tages. Eines Tages sind die Tage Tage und sind Tage gewesen, nicht Wochen. Und die Stunden sind nur Stunden. Ganz voll vom Möglichen und darüber hinaus voll vom Kommenden, so voll, dass du alles an dir hasst, was es anzeigen könnte, doch jeder Teil an dir wächst, Finger, Arme, Beine, Kopf, Hüfte, Gelenke, dein Geschlecht wächst und dafür hasst du dich, doch hassen tust du nicht wirklich, noch kennst du keinen Hass. Und wirst du nach alldem gefragt, schämst du dich für den Hass, der die Scham ist dieser Tage, die noch Ewigkeiten sind in den Falten dieser langsamen Gestalten, die auf den Tod zugehen, den du nicht kennst, nur das Gehen. Manchen weicht diese diesige Luft dem Klaren, doch dir nicht, nicht in dir, da schämt es sich weiter, verlangt und langt ein Leben lang, weil du gar nie zur Größe heranwachsen wirst, die all das fassen könnte, niemand tut das, kein Behältnis reicht aus dafür, dieser Gedanke ärgert dich, wie alles Zukünftige, weil es vor dir liegt und du voraustrauernd bist», hustete der alte Mann in den Armen des Reiters.

«Doch du wächst weiter und wächst mit den Dingen, näherst dich den Tagen. Allmählich weißt du es zu schätzen, dass sich diese über die Hügelzüge und in die Gärten und Straßen legen. Vielleicht verlässt du an einem kalten Tag das Haus. Über Wochen hat es geregnet, war der Himmel von Wolkendecken nur so zugedeckt. Ich weiß nicht, wo du aufgewachsen bist, gab es da solche Wochen, Monate gar? Alles in den wenigen Farben des Asphalts oder in den Farben der Kieswege hinter dem Haus. Der Regen hört auf, doch halten sich diese stummen Farbtöne. Und eines Tages, wenn du aus dem Haus trittst, ist der Himmel weiß – so blau ist er; es ist Vormittag und alle Bäume tragen Kälte statt Laub, Kälte, die sich aus der Nacht heraus über den Rasen gelegt hat, über die Gehsteige, Geländer, Dächer, Fahrräder, Autos; über die Schultern und Armbeugen der Umgebung hat sich die weiße Nacht gelegt, noch bevor die Sonne darüberstieg. Du begreifst, dass sich das Dunkel in die Dinge legen kann, wo es schlummert, während darüber ein Tag entsteht, der nichts aufzuscheuchen braucht, nichts vertreiben muss, der sich seiner Mittel bedient – hier ist es die Kälte, da ist es der Regen, dort ist es der Schnee –, um die Nacht nicht wecken und vertreiben zu müssen, der die Größe hat, die Nacht in sich auszuhalten. Der fingerdicke Raureif und du begreifst, dass es die Tage sind, die die Dinge schimmern lassen. Doch begreifst du nicht. Es ist dein Denken, das an deiner statt um sich greift. Du siehst ihm dabei zu. Als Zuschauer deiner bist du ganz dich selbst, nur als anderer kannst du dich erfahren und bedankst dich bei ebendiesem Tag» – Husten –, «dass du ihm beiwohnen darfst», hustete der alte Mann in die Umarmung des Reiters. Er schwitzte, wie er blutete. «Ganz und gar erfüllt von diesem Tag, durch den du gehst – vielleicht gehst du durch die Ortschaft oder in den Wald. Ganz sicher aber gehst du keinen Verpflichtungen nach, nicht an diesem Tag. Die Schule schwänzt du. Die Kirche schwänzt du. Der Mutter bei der Feldarbeit helfen? Heute nicht, auch wenn dich deine Brüder dafür noch vor dem Abendbrot wund und taub schlagen. Oder du bedienst bereits Gäste im Gasthof? Du riskierst auch diese Prügel –, von dem du dich ergreifen lässt, ja, mit dem du gar sprichst wie mit einer neuen Bekanntschaft, zögerlich und in ausgewählten Worten, bis dein Mund die Neugier nicht mehr länger halten kann und die Sätze nur so aus dir hinausfallen, in diesen Tag, durch den du wandelst und zum ersten Mal spürst, dass es davon nicht unzählig viele gibt, im Gegenteil – du beginnst zu zählen.»

Um den alten Mann, der inzwischen ein nasses Tuch war, besser vor der Hitze zu schützen, gab der Reiter diesem die Zügel in die Hand, kugelte sich aus dem Ledermantel heraus und legte ihn ihm über den Oberkörper. «Tatsächlich: Mir ist ganz kalt.»

Nach dem Geröll ritten sie weiter über trockene Gräser und über eine saftige Wiese.

«Nach dieser Behauptung, die das Alter ist, und der Gewissheit, die der Tod ist, nachdem du begreifst, dass

Tage bestimmen können und Nächte *sind*, gibst du dich wieder dem Treiben hin, mal eilst du ihm nach, mal gehst du ihm voraus. Weder brauchst du von den Brüdern in den Lauf der Dinge zurückgeprügelt zu werden, noch muss dich die Mutter ermahnen oder muss dir der Wirt nachstellen, es liegt in der Sache selbst, dass die Tage dich nicht ständig hinhalten können und so vergisst du das Zählen.»

Nach welcher Art der Boden weicher wurde, sah der Alte, der bereits seit einer Weile dem Gewicht seiner Lider nachgegeben hatte, durch den Klang der Hufe und dem Spüren der sanften Bewegungen, mit denen das Pferd ging.

«Es können Jahre – ja ein ganzes Jahrzehnt kann vergehen, in welchem du dich ganz deinem Treiben hergibst und die Tage vergisst. Schule, Arbeit, die Verpflichtungen und Bescherungen des Alltags, erstes Lieben – ein ganzes Leben hast du gelebt, ehe du ein weiteres Mal dem Alter begegnest. Erst ausgewachsen, erkennst du die Spuren der Zeit in deinem Körper, nein, erkennst du die Zeit, die dein Körper ist. Wie sie sich ausgedehnt hat. Und du hast Mühe, Erinnerungen einem Jahr zuzuordnen. Vergangenes greift unscharf ineinander, du bist ein einziger, heilloser Zusammenhang, soundsoviele Jahre auf der Erde schon, doch mit jeder Stunde sammelst du weitere Splitter, du bist bruchstückhaft. Nicht wahr? Denn schaust du zurück, indem du an dir hinunterschaust – bist du in einem Badezimmer, nackt, also in Gesellschaft, auch wenn es nur du bist? –, siehst du dich als Gewesenen, als einen fortlaufend Gewesenen, bist du ein Haufen voller Scherben: Deine Erinnerungen, was ergreifen sie, was lassen sie liegen? Wir erinnern uns nicht ans Vergessen, sagst du dann und tauchst ein in die Gedanken an Bisheriges, nein, gehst du in Gedanken, die Bisheriges formen. Aber wir wissen um das Vergessene, sagst du dann, du, und nicht deine Gedanken. Dein Körper weiß darum, der Splitterhaufen, mit und in dem du gehst. – Ich bin noch immer jung, sagst du. Dieses Mal bist du dem Alter begegnet, nachdem du zwei, drei Leben gelebt hast und nun zu altern beginnst», schlug der Alte seine Augenlider auf.

«Wie weit noch?»

«Eine Weile.»

«Nein, wie weit noch?», fragte der Alte erneut.

«Wir schaffen es. Bleiben Sie bei mir», sagte der Reiter.

«Wo wäre das? Daran verlier ich keinen einzigen Gedanken», rief der Alte. Und dann wieder Husten.

«Erzählen Sie weiter. Sehen Sie, das Gras ist saftig geworden.»

«So gehen wir weiter durch die Tage. Auf lange Dauer hält niemand das Erinnern aus, auch nicht das Erinnern an Bevorstehendes. Aber das braucht auch niemand. Wir brauchen das Leben, um uns von ihm abzulenken, müssen leben, um uns vom Leben abzuwenden. Unfassbar können wir es nur durchdringen, wobei ... Wenigstens können wir darin umhergehen. Das heißt nicht, dass wir ihm ausweichen, dass wir uns rückgängig machen oder, mehr noch, zurückgehen könnten. Immer sind ihm unsere Rücken zugewandt, selten stehen wir ihm gegenüber. Aber nie im Angesicht, immer nur angesichts mit dem Rücken, angerückt. Es kann beim Spazierengehen sein, bei der Arbeit auf dem Feld, in den Reben, unter einem Baum. Und dann ist es wieder, und von nun an immer wieder ein Erinnern. Ein Erinnern an jene Begegnung der Gedanken, ein Erinnern an jenes Erinnern. In bestimmten Jahren erinnern wir uns täglich, anderntags und andernorts sind wir jedoch mit dem Überleben beschäftigt, einige ein Leben lang, und da fällt das Erinnern schwer, doch auch da öffnet es, vielleicht seltener, doch umso heftiger, einen Spalt und reißt uns hinein, durchflutet uns für Augenblicke. Zeigten wir ihm nicht unseren Rücken, würden wir fortgeschwemmt.

Und so gehen wir für eine lange Zeit. Ab und zu aufhorchend, ab und zu aufgerissen und ab und zu mit dem Gedanken spielend, uns endlich zuzuwenden. Wir gehen und gehen darüber hinaus, gehen, bis wir es nicht mehr leugnen können, dass dieser Körper, der die Zeit ist, nicht mehr weiter wächst, mehr noch, dass er nun wieder zurück wächst. Unsere Nasen und Ohren sind nur dazu da, uns daran zu erinnern. Der Körper scheint zurückzugehen und lässt uns denken, dass auch wir zu wachsen aufgehört haben, da wir unsere Körper nicht nicht sein können, unsere Zeit. Also fürchten wir unseren Abbau. Dass die Zeit, die der Körper ist, mehr und mehr ihren Platz einfordert und den Körper zurückbaut. In Wahrheit aber – merken wir später –, wachsen auch *wir* weiter und nicht bloß die Zeit.

Wir wachsen in den Tod hinein.

Wir wachsen ein Leben lang in den Tod hinein», sagte der alte Mann.

«Nun wächst du aber noch», sagte der Reiter, der unablässig das Weiß des alten Mannes Hände, seinen Schweiß und seine Kälte beobachtete. «Es dauert nicht mehr lange, bald sind wir da.»

«Ficken kann ich mich selber», schimpfte der Alte. «Ich kenn den Weg! Bevor ich hier also ganz zerlaufe – ich sehe genau, was du siehst, Kat! –, will ich ein Versprechen von dir. Und du weißt, wie es mit den Versprechen ist, die man einem alten Menschen macht, gerade wenn es das Letzte ist, das dieser Mensch noch von jemandem kriegen kann.»

«Hier braucht niemand zu sterben. Das Blut war schon mehr, das bestimmt. Aber es reicht alleweil. Die Farbe leuchtet nur so stark, dass es immer nach viel mehr aussieht, als es dann tatsächlich ist. Sie haben noch eimerweise davon, das schaffen Sie!»

«Wie kann es, ficken nochmal, sein, dass du hier herumdrückst, als hättest du weder Schwanz noch Eier, wenn ich es bin, der hier stirbt?»

Der Alte hustete abermals: «Ich weiß, dass du andere Qualitäten hast. Du bist im Reden noch schlechter als ich. Aber kennst du wenigstens das Sprichwort vom Herzen und vom Schwan? Das trifft auf dich zu. Also, versprichst du?»

«Sie wissen, dass Sie mir alles sagen können.»

«Nanana, so ist es auch wieder nicht. Ich will nur, dass du die genaueren Umstände meines Todes ... ich will, dass du die schönreden wirst, verstanden?»

«Schönreden?»

«Ja!, schönreden. Ausschmücken, überdrehen, aufblasen, was weiß ich. Gut, das ist eben gerade nicht deine Stärke. Also, ich will einfach nicht, dass jemand erfährt, dass der alte Farantheiner, dieser Siebenhund und Teufelskerl, von einer erbärmlichen Pflanze angestochen wurde und daran verreckt ist! Klar? Das kann eine meterlange Giftschlange gewesen sein, ein Krokodil, ein Elefant oder besser noch ein Duell kann das gewesen sein – wenn ich hier fertig bin, kannst du mir gern eine Kugel in den Ranzen pfeifen, dass ich das auch noch erlebt habe –, aber nie, nie, nie sagst du wem, dass ich vom Pferd hinunter und in eine verdammte Sumachmutterwasweißichwurzel gefallen bin. Nicht wegen mir sag ich das, ich bin ja dann mal weg. Das geht hier um meine Familie, meine Nachkommen. Isabelle, sie ist die Letzte der Farantheiner. Und als Letzte darf sie die Wahrheit kennen. Es geht um sie. Nicht, weil sie sie nicht ertragen würde, im Gegenteil, aber sie ist ein Weibsgeschöpf und du verstehst, was das heißt. Die können sich sowas nicht einmal vor sich selber verschweigen. Immer muss alles raus bei denen. Und es muss aus dem Mund raus, weil sie mit ihren Händen nichts anzufangen wissen. Der Mund ist ihr Werkzeug. Aber Isabelle ist begabt, sie hat es in den Händen, in ihr sind ja auch meine Sprossen und die Flammen ihrer Mutter. Sie hat die Kälte meines Verstandes und die Hitze – ach, was rede ich – ich werde noch ganz trunken vom Sterben hier. Jedenfalls –», Farantheiner hustete und diesmal mischte sich Blut in die Spuke, die er auswarf. «Jetzt ist sie noch zu fest mit dem Hoffen auf eine bessere Welt beschäftigt. Aber sobald ich hier abgetreten bin, wird sie meine Sache übernehmen und das Gut …», der alte Farantheiner übergab sich leicht, Blut und Magensaft, und stammelte dabei lose Sätze, von denen Kat nur das Wort «Testament» deutlich heraushörte. Kat griff nach dem Wasserbeutel und schüttete ihm einen Schluck über den Kopf und einen Schluck in den Mund, er hielt den alten Mann dabei im Arm, das nasse Kind, das dieser Körper war. Der alte Farantheiner riss nun abermals seine Augenlider auf, die Pupillen glänzten in die Hitze, er blickte in die Sonne. Indem sich Kat leicht über den Alten beugte, spendete er ihm Schatten. Wechselweise blickte er auf den Weg und in sein Gesicht.

«Natürlich», war das nächste Worte, das Kat verstand und auch dem darauffolgenden Seufzer «…» lauschte er wie einem Wort. Ohne dass er dem Pferd zu verstehen geben musste, setzte es zum Spurt an und galoppierte. Das andere Pferd folgte ihnen.

Wieder Seufzer. Aus den Worten «Wenngleich ...», «nackt», «besser» und «Leben» formte Kat den Satz «Wenngleich es fürs nackte Leben besser wäre ...». Den Satz, «doch ich habe mich entschieden», hörte er eigentlich nicht, aber er war sich sicher, Sinngemäßes gehört zu haben.

Murmeln, Blubbern, Brabbeln und es wurde für eine Weile still um den Mund des alten Mannes. In der Ferne sah Kat die Ortschaft. «Bald sind wir da. Bleiben Sie bei mir.»

Nach den Regeln der Reitkunst spornte Kat das Tier an, er verlagerte den leichten Schenkeldruck in ein kurzes Zwicken der Sporen. Der Hengst explodierte. In Windeseile galoppierten die drei Gestalten auf die Ortschaft zu, das Pferd und zwei Reiter.

Mit dem Gesicht in Richtung des gerittenen Weges sah Farantheiner dem anderen Pferd nach, wie es kleiner wurde. Er atmete hörbar in Kats Ohr und flüsterte danach ungefähr diese Worte:

«Und so bleibt mir vom Leben nur die Geste, die es war, eine Bewegung, die zu jedem Zeitpunkt in zwei entgegengesetzte Richtungen zeigte, immer ziehend und stoßend zugleich, Fortgang und Rückzug zugleich, eine Geste, die sich entzieht, doch immer in eine Richtung zeigt: Tod oder eben in Richtung Sterben, als dem absoluten Gelebthaben. Denn mit jedem Lidschlag, der mir bleibt – und ich kann sie beinahe an einer Hand abzählen, die verbleibenden Schläge –, bin ich wieder näher an diesem Jungen, für den das Alter bloß fleischgewordene, umherwandelnde Ewigkeiten bedeutete, mit jedem Lidschlag bin ich eine dieser

Ewigkeiten reicher, ein Leben reicher, und sei es kürzer als es die Worte sind, mit jedem Lidschlag habe ich mehr gelebt und lebe mehr. Mit dem Tod nähere ich mich dem Leben. Nie habe ich mehr gelebt als im Sterben, wo alles, was ich habe, jener ganz und gar vom Gewesenen erfüllte Moment ist, Millisekunden oder Jahre von ebendiesem Sehen entfernt, schüttet sich das Gelebte in meine Augen. Nur mit Worten schiebe ich mich davon.

Ich wachse weiter.

Letzte Züge, dann bin ich ausgewachsen.

Doch kann so ein Leben beginnen?»

Die Schilderungen der Ankunft der Reiter

Wie gegen Ende dieser Jahreszeit üblich herrschte ein im Verhältnis zu ihrer Größe emsiges Treiben in der kleinen Ortschaft, die von ihren Bewohnern je nach deren Herkunft und Idiom unterschiedlich genannt wurde, wobei diese Flurnamen alle aus einem Verbund von mindestens drei Wörtern bestanden, deren Sinn im Einzelnen zwischen den Wörtern rotieren konnte, insgesamt aber immer ungefähr dasselbe Feld austarierte und hörbar der amtlichen Bezeichnung folgte, deren genauen Wortlaut wiederum aufgrund der vielen Namen nur die Wenigsten wiedergeben konnten. Wasser, Springen, früh, aber auch wässrig, sprunghaft, Frühe oder Sprung, Frühling, Bach oder gar: Brunnen, Zeit, sprünglich, das waren die Wörter, aus denen die Namen am häufigsten gebildet wurden.

In der Umgebung stiegen die Temperaturen an, und so würden die ersten heißen Tage auch bald die Kleinstadt erreichen, was die Menschen dazu bewog, das Verrichten ihrer Tätigkeiten zu beschleunigen, im Wissen oder der Vorahnung, dass einer Vielzahl der Arbeiten unter dem Gewicht hoher Temperaturen nur mit großer Beschwernis nachgegangen werden konnte und diese daher bei Möglichkeit zu vermeiden waren. Dazu zählten etwa der Umgang mit Asphalt und Mörtel, das Verlegen von Eisenbahnspuren, Telefon- und Hochspannungsleitungen, Dacharbeiten und alle Tätigkeiten bei der Bewirtschaftung der Felder, die nicht dem Bewässern, Besprühen oder Pflücken galten, ganz allgemein auch das Verpflanzen von Blumenstöcken. Nicht dazu zählten etwa das Sortieren von Briefen, das Überprüfen kleinerer Buchhaltungen und Nachschenken von Kaffee, Tee oder Limonade, auch nicht das Führen von Ferngesprächen oder das Drehen von Zigaretten. Ereignete sich Unvorhergesehenes, dem mit dem Verrichten einer an den heißen Tagen mit besonderen Beschwerlichkeiten verbundenen Arbeit geantwortet werden musste, so warteten die Menschen natürlich nicht auf mildere Tage, wenn möglich aber auf die etwas kühlere Nacht. Des Weiteren wurde nicht für das Verrichten solcher Tätigkeiten eine Geldstrafe erhoben, sondern lediglich für das Anordnen dieser. Die Menschen waren frei, sich in der Hitze jener Tage körperlichen Strapazen oder ähnlichen Lehnwörtern hinzugeben, es war ihnen aber untersagt, anderen solche aufzubürden, sei es durch Entgelt, sei es unter Androhung von Schlägen. Und obschon die Hitze nicht mit derselben Kraft auf die verschiedenen Verrichtungen einwirkte, hatte doch ihre Vorwegnahme gegen Ende dieser Jahreszeit auf alle Bewohner eine ähnliche Wirkung. In guter oder weniger guter Nachbarschaft steckten sich die Bewohner gegenseitig mit ihrem Treiben an. Von den von ihren Bauern angestachelten Feldarbeitern außerorts über die von ihren Bauherren aufgehetzten Maurern an der Ortsgrenze zu der Stadtgärtnerin, dem Käser, Schuhmacher, Postboten, Revisor, Sheriff und zur Schulleiterin. Wie sich über Gerüchte, Erzählungen oder Zeitungsmeldungen Meinungen einem Lauffeuer gleich in der Bevölkerung ausbreiteten, brach die Hitze gegen Ende dieser Jahreszeit über den Ort, noch ehe die Temperaturen hochschossen. Aufgrund der ungleichartigen Topografie waren die klimatischen Verhältnisse in diesem weit gefassten Landstrich sehr verschieden und fiel das Beschriebene nicht allen Ortschaften der Gegend gleichermaßen zu.

Der zweite dieser angedeutet heißen Tage war um die Mittagszeit, besonders aber am frühen Nachmittag, geprägt von der Schilderung zweier Pferde und zweier Reiter. Je nach Erzählerin und Erzähler unterschied sich das Geschilderte, sowohl im Hergang der Geschehnisse als auch in Bezug auf die daran Beteiligten. Von der nordöstlichen Ortsgrenze aus wurde von dem erschöpften Pferd berichtet, das einsam durch die Felder zog und im Verlauf der Erzählungen mehrmals seine Erscheinung wechselte:

Hinter des Herrenfrisörs Haus hätten auf den Feldern die Hilfsarbeiter ein einsames Pferd gesehen, das gesattelt und bepackt ganz offensichtlich in der Wildnis seinen Reiter verloren habe, berichtete die Prokuristin dem Bäcker. Ein wildes Pferd habe sich hoch oben auf dem Plateau aus der Herde gelöst und sei den weiten Weg durch die Prärie hinunter zur Ortschaft geritten, vor der es im Rosenfeld von den Blüten gefressen habe, berichtete des Bäckers Frau dem Aktuar, das Pferdefell sei von edlem Grau gewesen, über den Hufen weiß.

Feldarbeiter hätten einen Mustang, im Versuch ihn zu domestizieren, mit Rosenblüten gefüttert, habe die Prokuristin der Frau des Bäckers erzählt, wusste der Sohn des Aktuars seinem Mitschüler zu berichten.

Des Mitschülers Schwester sprach ihrer Mutter gegenüber indes von einem streunenden Hund, dessen Fell mal von Revierkämpfen zerbissen war, mal samten glänzte, der jedoch ganz sicher seine Zähne fletschte und von den Feldern bereits den Weg in die Siedlungen gefunden hatte.

Ein Kojote, hieß es wenig später im östlichen Teil der Ortschaft, ginge durch die Straßen.

Es war jedoch wiederum ein anderes Tier, das in den Erzählungen aufschien, die im nördlichen Teil der Ortschaft die Runde machten. Noch eine ganze Weile lang bevor das umherirrende Pferd gesichtet wurde, sprach man dort von zwei mit dickem Strich gezeichneten Gestalten, die in seltsamer Weise auf einem erschöpften Hengst in die Ortschaft geritten seien. Manch einer wollte die Rettung eines vor Jahren verschollenen Einzelgängers beobachtet haben. Manch eine die Entführung des Bürgermeisters durch den Outlaw und Schurken Kenzi Spenser. Ein Gerücht, das sich einerseits durch die allgemeinen Zweifel an der Existenz der Person Spensers, spätestens aber durch die Aussagen von Zeugen verflüchtigte, die ausführlich schilderten, den Bürgermeister vor wenigen Minuten dabei beobachtet zu haben, wie dieser Heißgebäck gegessen und ein Heißgetränk getrunken habe. Das habe er denn auch vor nicht mehr als einer Stunde im selben Café getan, wo nun das vom Hören unterschiedlich Gesagte aufeinander traf: Der Kojote, inzwischen eine Hyäne, fresse sich durch die Gärten. Ja, schleiche im Verband hinter den Häusern herum. Das Rudel fresse alles, was es zu fressen fände, bald auch die Kinder. Doch würden diese Tiere, die es in jener Gegend nur in Erzählungen gäbe, nicht von ungefähr kommen. Zwei dunkle Gestalten hätten sie losgelassen und umkreisten nun auf ihrem Pferd die Ortschaft.

«Was sagst du, zwei?», rief eine Stimme. «Das ist ein und dieselbe Gestalt!», rief darauf eine weitere Stimme. «Ein und dieselbe Gestalt!», plapperte die Menge nach. «Ein und dieselbe Gestalt!», huschte es dem Kind am Nebentisch über die Lippen. Und schließlich rief der Älteste in der Runde mit zittriger Stimme: «Der Beelzebub! Der Beelze…», doch das Verrücken der Stühle, das Klappern von Geschirr, das Poltern von Stiefeln und das Durcheinander der Atemzüge übertönten ihn.

Da betrat die Krankenschwester das Lokal und bat um Aufmerksamkeit. Die Menge war noch immer aufgeregt, fand aber schnell zur Ruhe. Als die Krankenschwester sagte, dass der Farantheiner ins Krankenhaus eingeliefert worden sei, wurde geschwiegen und ihr zugehört.

Die Gleichzeitigkeit des Geschehens

«Zu diesem Zeitpunkt» saß Isabelle Farantheiner im Wohnzimmer. Zu diesem Zeitpunkt saß Isabelle Farantheiner im Wohnzimmer und schenkte sich Kaffee ein. Zu diesem Zeitpunkt saß Isabelle Farantheiner im Wohnzimmer und trank Kaffee. Im Wohnzimmer saß zu diesem Zeitpunkt Isabelle Farantheiner und trank Kaffee. Isabelle Farantheiner saß zu diesem Zeitpunkt in ihrem Wohnzimmer, Kaffee trinkend und durch das Fenster nach draußen blickend. Zu diesem Zeitpunkt saß Isabelle Farantheiner zuhause in ihrem Wohnzimmer, trank Kaffee und blickte durch das Fenster nach draußen.

Zu jenem Zeitpunkt wurde «draußen» von Isabelle Farantheiner «erblickt».

Sie stellte ihre Tasse auf den Tisch und ging in die Küche. Aus dem Geschirrschrank holte sie ein Wasserglas und ging, das Glas in der Hand, zum Spülbecken. Sie drehte den Wasserhahn auf und hielt ihren Finger in den Wasserstrahl. Als die Armatur nurmehr kaltes Wasser über ihren Finger goss, zog sie diesen zurück und hielt das Glas an seiner Stelle hin. Langsam füllte es sich mit Wasser.

«Nachdem» sie das Glas zum Mund geführt hatte, hörte sie aus ihrem Arbeitszimmer das Klingeln des Telefonapparats. Sie stellte das Glas hin und ging ins Zimmer, wo sie nach dem Hörer griff, den sie nun in der Hand hielt.

Nachdem sie den Hörer vom Apparat gehoben hatte, sprach sie in die Sprechmuschel. Nachdem sie gesprochen hatte, hörte sie zu. Nachdem sie zugehört hatte, sprach sie erneut. Nachdem sie erneut gesprochen hatte, schwieg sie. Nachdem sie geschwiegen hatte, legte sie den Hörer auf.

Nachdem sie den Hörer aufgelegt hatte, atmete sie aus. Nachdem sie ausgeatmet hatte, atmete sie ein. Nachdem sie eingeatmet hatte, wurde sie zu dem Schweigen, das sie eben gerade geschaffen hatte, indem sie keine Worte mehr aussprach.

«Danach» verließ sie das Arbeitszimmer.

Danach ging sie im Wohnzimmer «auf und ab».

Danach «schossen ihr Tränen in die Augen».

Danach hörte sie sich weinen.

Nachdem sie sich weinen gehört hatte, ging sie durch den Korridor. Nachdem sie durch den Korridor gegangen war, lief sie durch den Korridor. Nachdem sie gelaufen war, riss sie die Tür auf und trat aus dem Haus unter die Sonne. Nachdem sie unter die Sonne getreten war, ging sie unter der Sonne. Nachdem sie unter der Sonne gegangen war, ging sie weiter unter der Sonne.

Obschon sich an dieser Stelle nicht das Meiste, sondern nur eine bestimmte «Sache» in Isabelle Farantheiners Leben «geändert» hatte, würde von «diesem Zeitpunkt» an «nichts» mehr so sein wie «früher».

«Während» Isabelle Farantheiner unter der Sonne ging, perlte auf Kats Stirn der Schweiß.

Während Kats Körper die Hitze, für die sich dieselbe Sonne verantwortlich zeichnete, unter der auch Isabelle ging, schwitzend zu senken suchte, ging Kat auf und ab ebenfalls unter der abermals selben Sonne und vor dem kleinen Krankenhaus von Springwasserfrühe, wo er den alten Mann vom Pferd herunter und aus seinen Händen in die Hände der Krankenpfleger gegeben hatte, die ihn auf einer fahrbaren Pritsche auf die Notfallstation gekarrt hatten. Das Angebot, selbst gepflegt zu werden, schlug Kat aus mit der Feststellung, dass es im ganzen Gebäude untersagt sei, sich eine Zigarette anzustecken.

Während sich fortwährend Schweiß unter Kats Hut und Haaren auf seiner Stirn bildete, klemmte der Zeigefinger seiner linken Hand unter dem Daumen derselben, spannte sich und knallte wie der Riemen einer Zwicke gegen die Zigarettenschachtel. Die kleine Flamme, die der Funke, der dem Zündstein entsprang, dem mit flüssigem Gas gesättigten Docht entlockte, und das Einatmen durch den Mund, dessen Lippen den Zigarettenansatz umschlossen, brachten durch ihr aufeinander abgestimmtes Spiel den Tabak zum Glühen. Der Rauch, der dabei aus dem Mundstück in die Mundhöhle glitt, wurde von Kat inhaliert, während der Rauch, der an der Glut entstand, in den Tag stieg.

«Als» Kat eine Zigarette rauchte, öffnete Isabelle die Fahrertür ihres Wagens und stieg ein. Wie sie den Zündschlüssel umdrehte, sah sie das Aufreißen der Haustür: Ihre Hand schoss zur Türklinke, ihre Hand fächerte ihre Finger auf, die Finger ihrer Hand streckten sich der Reihe nach aus, vom Zeigefinger zum kleinen Finger falteten sie sich auf, gefolgt vom Daumen, bei dessen Spreizen dieselbe Dauer verging, wenngleich er sich mit einer anderen Geschwindigkeit durch diese bewegte.

Als sich der Schatten der Spanne über die Türklinke legte und die gespreizte Hand diesem mit derselben Bewegung, doch unverzerrt, folgte, was wiederum den Schatten schärfer und dunkler werden ließ, wurden die Finger für einen Augenblick entspannt, ehe der Handballen das Metall berührte. Als die Hand ahnte, sogleich mit dem Ballen auf die Türklinke zu treffen, fingen die Finger an, sich zu krümmen. Als die Finger anfingen sich zu krümmen, traf die Hand auf die Türfalle, die sie ergriff und mit dieser Bewegung ihr Krümmen beschloss. Als sich die Finger um die Türklinke gekrümmt hatten, klammerten sie sich um die Türklinke.

Als sich die gekrümmten Finger um die Türklinke klammerten, ballte sich die Hand zur Faust.

Die Faust folgte dem Gewicht der Schulter und schließlich dem ganzen Körper, dem sie entwachsen war. Die Faust drückte die Türklinke nach unten: Die Türfalle löste sich aus dem Schließblech und das Türschloss öffnete sich.

Die Faust zog die Tür auf, die Faust öffnete die Tür. Isabelle öffnete die Tür. Isabelle riss die Tür auf.

Das Türblatt drehte sich am Türband, das Türband drehte sich an der Türangel, über den Dorn der Türangel drehte sich das Auge des Türbandes, über den Dorn der Türangel drehte sich die Tür. Das Türblatt drehte sich.

Indem Isabelle die Tür aufriss, löste sich die Hand aus der Umklammerung der Türklinke, die Faust löste sich auf.

«Dabei» hörte Isabelle die folgenden Geräusche: *Das* Brechen der Pulswellen unter dem Kiefer und im Handgelenk, das Durchspannen der Haut, was das Zittern des Handrückens zur Folge hatte, das Aufschrecken kleiner, weißer Härchen, das Zusammenziehen und Auseinanderziehen der Poren, das Aufbäumen der Haut längs der Falten, das unhörbare Reiben der Fingerknochen, dafür umso hörbarer das Kugelfeuer auf den Boden durch die Schuhsohlen, das Schlagen konzentrischer, vom Tropfen des Kaffees ausgelöster Wellen gegen die Wände des Behältnisses, das brennende Blubbern beim Verkochen des übrigen Wassers in der Filterkaffeemaschine, das Knistern der verdampfenden Wassertropfen auf der Wärmeplatte unter der Kaffeekanne, das Schwelen dieser Wärmeplatte, gefolgt auf das Klicken des Thermostats, das Surren des Kompressors im Kühlschrank, das Rotieren der Ventilatorenblätter, das Schleifen des Laufrads unter dem Gehäuse und das Reiben der Jeans. Sie hörte das dumpfe Klatschen einer Hand auf Eisen. Das Zurückschnellen einer Türfalle. Das stumme Quietschen des den Dorn der Türangel umschließenden Auges am Türband. Das unvernommene Hereinpreschen der Außenluft und das noch weniger hörbare Entweichen der Innenluft. Sie hörte das Knallen einer Tür gegen die Wand.

Das Reißen der Tapete und das Zittern der Wand hörte sie nicht mehr. Dafür hörte sie das Plätschern von Wasser im Brunnen und sie hörte die Summe aller sie zu jenem Zeitpunkt umgebenden, unhörbaren Geräusche als ein leises Summen.

Während Isabelle ihren Wagen vom Hof durch das Eingangstor lenkte, schickte Kat den inhalierten Rauch dem der Glut entwichenen hinterher. Während er seine Zigarette zu Ende rauchte, kamen der kleine Missionar zusammen mit zwei weiteren Täuferjungen die Straße herunter auf Kat zu. Rauchend schenkte er ihnen einen kalten Blick, den der eifrige Missionar erwiderte, während die anderen beiden verstohlen auf die leere Straße stierten, als achteten sie den Verkehr. Während das Trio, der Anführer in der Mitte das schwere Buch in beiden Händen tragend, die Straße überquerte, schenkte ihnen Kat noch weitere Blicke.

«Da, seht, der Analphabet, der sich dem Lernen der Schrift widersetzt, um Gottes Wort nicht lesen zu müssen», rief der kleine Missionar, worauf seine schüchternen Begleiter einer zuvor getroffenen Absprache folgend, das Alphabet sprachen: A, B und so fort. Sie ließen es aber nicht nur bei Buchstaben ihrer Sprache bewenden, sondern sprachen in ihrem Eifer und meist mit falscher Betonung alle möglichen Umlaute aus. Als sie daraufhin auch noch die Kleinbuchstaben vorzutragen begannen, was ziemlich ähnlich klang wie zuvor die Großbuchstaben, spuckte Kat seine Zigarette aus, machte mit dem einen Bein einen leichten Schritt zurück, drehte Oberkörper und Hüfte in dieselbe Richtung, schob mit der Hand den Mantel nach hinten und griff mit der anderen Hand zwischen Stoff und Oberkörper nach einem vorgetäuschten Revolver. Noch ehe seine Hand die Gürtelschnalle passierte, liefen die Kinder davon.

Bereits als sich die Türfalle aus dem Schließblech löste, notierte ein Arzt den Todeszeitpunkt seines Patienten in die rechte Spalte eines vorgedruckten Papiers, das wider seiner Erscheinung Totenschein hieß.

Die Ungleichzeitigkeit der Empfindungen

«Mir ist schwindlig», sagte Isabelle.

Weder richtig hier und schon gar nicht dort, nicht da, bin ich aber auch nicht weg, zieht es mich nach allen Seiten, doch kann ich weder folgen, noch dagegenhalten, als wäre ich unentwegt dazwischen, nur zwischen dem Da und dem Zwischen, zwischen dem In und dem Zwischen; weiter und weiter zieht es mich und doch nicht weit genug, zeigt doch alles in dieselbe Richtung, dorthin, wo die Dinge weniger und also unbehaglich nahe sind.

Mit jedem Schritt falle ich. Mit jedem Schritt stehe ich. Mit jedem Schritt gehe ich an mir vorbei. Auch ich werde weniger. Was gerade ist, an das kann ich mich nur vage erinnern, was gewesen ist, was war, lässt sich nicht voraussagen. Mir ist schwindlig, ich schwinde.

Vielleicht, wenn ich mich setze, komme ich mir wieder näher? Ja, ich wünsche, doch nur zu sitzen, während ich hier gehe. Wäre ich dann endlich wieder? Oder wenigstens wo, an einem Ort? Nicht mehr bloß «nicht dort» und «nicht mehr hier». Ich setze mich. In diesen Sessel habe ich mich soeben gesetzt. Soeben? Ich sitze. Ich sitze neben mir. Und sitze an meiner statt. Doch schwinde ich noch immer. Weder sehe ich mir zu, noch bin ich bei mir. Und wo? Ich bin ich, ganz sicher nicht. Weder das eine, noch das andere nicht. Wenn es sich doch nur entscheiden ließe – mit wem? Was? Und wieso gerade jetzt? Wann war das? Ich weiß doch, dass es nicht immer so war, dieser Zustand, der keiner ist. Tage voller Aussichten, Einsichten, Weitsicht. Aber habe ich jemals wirklich gesehen? Es trübt. Ist es erst diese diesige Sicht, die sehen lässt. Und was?

Gehe ich bereits in der Innenstadt oder kommt dieses Klicken vom Abschließen des Wagens? Habe ich Essen eingekauft und meinen Wagen vor den Eingang parkiert? Zuhause? Ich gehe unter Menschen, vorbei an Menschen. Die Bilder wackeln jetzt, flimmern, überblenden sich, Fernsehbilder, oder begegnen wir uns nicht immer in Unschärfe? Also doch, ich sehe Umrisse, Schemen. Und wie ich dazwischen weniger werde. Mit milchigen Augen, verwaschenen Augen, ausgewaschenen Augen, klar und deutlich? Es ist dieser ganze Dunst, der Klarheit schafft. Wann fingen meine Glieder an, sich zu trüben? Meine Muskeln, Knochen, mein Fleisch? Sicher gibt es Zeitpunkte, doch was sind Punkte, wenn sie sich nicht fassen lassen? Und fassen lassen sie sich sehr wohl, nur: Ich greife stets daneben. Entspricht jener Abstand demjenigen, mit dem ich mir folge? Wenn ich mich ständig herumtrage, was lässt sich ablegen? Ich schwinde.

Wann erinnern die Töne nicht bloß daran, dass der Klang im Hören nur verklingen kann? Wann erinnert das Licht nicht bloß daran, dass auch alles Blenden einmal verblasst? Wann wird es endlich dunkel? Fürwahr, ich rasple bloß Kleinholz. Wieso ist mir das Süße vergangen, wann bricht es über mich herein? Was greifen diese Worte, was nicht schon abgegriffen ist, lässt sich bloß abgreifen, was nicht zu greifen ist? Wenn ich doch bloß für einen Augenblick aus mir herausfallen könnte. So läge ich wenigstens daneben. Ich wüsste, dass ich von alldem nicht viel weiß, doch ich schwinde.

Im Weinberg

Ein leichtes Knacken im Gebälk.

Ein feines Loch im traumlosen Schlaf.

Und schon stürzten die weiteren Zumutungen des Tages auf Kat herein, der inzwischen auf der Bettkante saß und durch das kleine Fenster nach draußen blickte. Er stieg in die Kleider, die er sich vom Hocker geholt hatte und fasste nach dem Wecker, der nun klingelte. Er hob die Stiefel auf und kochte sich in der Küche Kaffee.

Als er das Haus verließ, hatte sich der Himmel aufgehellt. Kat holte hinter der Hütte ein Seil, das er auf den Vorbau warf, aufhob, um seinen Unterarm wickelte und auf den Beifahrersitz seines Pick-ups legte. Er fuhr los.

Erst ein undeutlicher Kiesweg, dann asphaltierte Schnellstraße. Kilometerweit fuhr er geradeaus auf die entfernte Hügellandschaft zu.

Als die Fahrbahndecke wieder unbefestigt wurde, warfen Kiefern und Laubbäume ihre Schattenfetzen in den Wagen. Zwischen den Bäumen, kleinen Wiesen und Obstgärten fuhr er den Hügel hinauf.

Kat parkierte den Pick-up zwischen Stall und Scheune. Als er ausstieg, kam ihm der Stalljunge entgegen. Frisches Heu sei in den Boxen verteilt, Wasser bereitgestellt, die Pferde seien gestriegelt. Zur Antwort legte ihm Kat den Arm über die Schulter, in der Hand hielt er das Seil. Vor dem Eingang schlief ein Hund. Der Junge scheuchte ihn auf und öffnete das Tor. Kat ließ sich die Pferde zeigen und über ihren Zustand berichten. Mit der hohlen Hand klopfte er ihre Nacken und strich über ihre Widerriste. Das Seil hing er an einen Haken, aus der Sattelkammer holte er die Reitsachen. Er hob den Sattel auf eine Holzleiste und klopfte ihn ab. Er bandagierte und sattelte ein noch recht junges Pferd, zog ihm die Trense an und führte es aus dem Stall. Als er die Steigbügel nach unten zog und aufs Pferd stieg, bedankte er sich beim Stalljungen. Dieser antwortete mit einer Redewendung, die von Pferden handelte, doch Kat hörte nur die ersten Worte und ritt los.

Wie üppig, ja opulent die Ländereien doch plötzlich sein können, staunte Kat. Wohl bin ich mir diesen Anblick gewohnt und doch erfreut mich die hemmungslos wuchernde und so fleißig hergerichtete Vegetation bei jedem Eintritt aufs Neue. Oder hat es mit den Ereignissen des Vortages zu tun, dass ich mich über ihren Anblick so entzücken lasse? Gerade im Wechsel zu all dem Ocker und Staub, zu all der Ödnis, zwischen der sich diese weichen Hügel des Weinberges erheben, leuchten seine Farben, dass es einem schaudern könnte. Das kühlende Grün der schweren Laubbäume, auf die ich gerade zureite, scheint sogar dem Gatter seinen Schatten mit Achtung zuzuwerfen. Was spricht das Holz wohl unter seinesgleichen, in seiner uns fremden Sprache, wenn wir ihm nicht lauschen? Das eine, älter als ein Menschenleben, gibt und nimmt von den Lüften und Erden, wandelt in diesem ständigen Austausch an Ort und Stelle, wächst Jahresring um Jahresring in sein Äußeres hinaus, indem es dieses umschließt, in seine Form, die ganz und gar bestimmt und frei zugleich erscheint. Während das andere Holz – vielleicht halb so alt – gefällt und zersägt seine Freiheit nur in der ihm vom Menschen zuerteilten Aufgabe und also im Begrenzen der Freiheiten anderer finden kann. Führt das Holz wohl solche Unterredungen? Heute will ich es hoffen. Wie seltsam es doch ist, ständig von den Melodien des Entstehens und Vergehens umspielt zu werden, sie aber erst dann richtig hören zu können, wenn sich ihr Takt jäh ändert. Nun will ich weiter reiten, an den prachtvollen Obstgärten vorbei, in denen so manch pralle Frucht heranwächst, indem sie vielleicht gerade jetzt aus den feinen Ästen das süße Wasser kostet, das die Pflanze aus dem Erdreich geholt hat. Auch aus diesen Sträuchern und Bäumen leuchten die Töne so satt, dass es einem die Augen verdreht. Wie können sich die Apfelsinen und Äpfel, noch während sie heranreifen, bereits so ungeniert in Farbe kleiden? Ich will sie nicht aufhalten. Sie sollen weiter trinken und in der Sonne baden, damit sie uns später Zunge und Mund verwöhnen mögen. Ich reite über die Wiese und direkt auf die Reben zu, in denen dieser leckere Saft entsteht. Wie ich so reite, frage ich mich, was der Mensch so ganz ohne Pferd wäre oder zumindest ohne Gefährt? Wie frei ich mich doch durch die Abfolge der Dinge beschleunigen kann! Schneller, als meine zwei Beine mich je tragen könnten, befördern mich diese vier in einer Weise durch die Gegend, dass ich mir darob erst jenes Bild machen kann von der Bauweise und dem Wachstum des Geländes im Verhältnis zu der größeren Landschaft, das mir sonst verwehrt bliebe. Ja, die Beschleunigung, die mir vielleicht den Blick fürs Kleinteilige raubt, beschenkt mich mit einer gewissen Übersicht und einem Gefühl fürs Weite.

Ich danke dir, du liebes Pferd und jetzt hü! Weiter geht's! Naja, wir haben ja noch etwas Zeit. Bevor wir zum Gutshof reiten, lass uns noch etwas bei den Buchen verweilen. Wie wohl das Ganze hier erst einem Menschen aus der Luft erscheint? Wenn einem bereits auf dem Pferd ganz neue Bilder eingegeben werden, was zeigt sich da erst aus der Luft? Sowohl unmittelbar, aber auch, nachdem man das Fluggefährt wieder verlassen hat und mit neuen Augen durch dieselbe Gegend geht. Oder sind die Verhältnisse von dort oben vielleicht zu großteilig? Dass man darüber ganz den Blick verliert? Ist nicht der Preis dieser Beschleunigung durch Pferd oder Automobil, dass man die eigenen Beine weniger gebraucht? Vielleicht steigt ja diese geopferte Unbeweglichkeit bis in den Kopf und in die Augen. Wenn doch alles soweit entfernt ist, braucht man die Augen gar nicht mehr hin- und herzubewegen. Man starrt einfach nach draußen und sieht, die Augenkügelchen unbewegt, die Welt. Wer weiß, ob man danach überhaupt noch was sieht! Die Augen auf Ewigkeit erstarrt. Nun ja, Isabelle sieht ja immer noch. Und war sie nicht für einige Wochen in der Heimat ihres Vaters, um sich im Weinbau weiterzubilden? Da flog sie bestimmt für Stunden, wenn nicht Tage. Wiederum, sie wird ja auch nicht die ganze Zeit durchs Fenster geschaut haben. Ich weiß wenig von dieser Frau, aber im Gegensatz zu mir, scheint sie kein Mensch zu sein, der bloß mit dem Handfesten umzugehen weiß. Sie sei gut im Lesen und Schreiben, heißt es. Sie kennt also auch den Umgang mit den Dingen, die Meinereins nur mit Mühe oder überhaupt nicht sieht. Wie schön doch jeder Atemzug dieser von den Buchenblättern mit Sauerstoff vollgehauchten Luft ist. Hü! Lass uns noch etwas

weiterreiten, über jenen Bach dort springen, an der Löß-
wand vorbei ins kleine Tal und dann über den stumpfen
Kamm hinauf zu der kleinen Kuppe dort! Ich frage mich,
wer eigentlich zuerst damit begonnen hat, einen Menschen
danach zu richten, ob ihm die Kräfte eher in den Kopf oder
in die Hände gelegt wurden? Ich frage mich das so, weil
man mich ganz gern einen einfachen Menschen nennt.
Aber brauchen nicht gerade die Belesenen ihre Hände zum
Blättern, wie ich bei meiner Arbeit mit den Pferden auch
nicht ganz ohne Kopf auskomme, zuweilen aus ihm heraus
die Augen zum Einsatz kommen? Aber ja, vielleicht müsste
ich mehr reden, als ständig vor mich herzuschweigen.
Gewiss gibt es jene Redeweise von Silber und Gold, aber
es werden ja auch der Gelehrten Sätze zitiert und nicht ihr
Schweigen. Warum nur zerbreche ich mir ausgerechnet
heute über solch eine Frage den Kopf, wo mir doch die
Meinung anderer noch kein einziges Mal den Stiefel
polierte, geschweige denn das Abendbrot zubereitete? Ich
scheine wohl erst jetzt an die dünne, doch harte Wand zu
klopfen, die sich um meine Rolle gebildet hat und mich in
dieser verharren lässt. Ja, Rolle. Und jetzt, hü! Ich reite
weiter.

Zurück reite ich, auf eine kleine Anhöhe, neben den Stall
reite ich, wo ich dir, meinem lieben Pferd, befehle, etwas
auszuruhen, etwas die Aussicht zu genießen, so wie ich es
tue. Wo ich zur Sonne blicke, demselben Stern unter dem
gestern der alte Farantheiner verstarb. Wo ich an die vielen
Worte denke, die ihm in seinen letzten Stunden aus dem
Mund sprudelten. Wo ich über die Weinreben blicke, die
von der dürren, menschenleeren Ebene bis zum dürren,
menschenleeren Gebirge reichen, weit und doch so klein,

im Beschaulichen unergründlich ins Tiefe langend, als reichten sie bis zur verschwommenen Linie des Horizontes oder zögen diese zumindest nach und entsprechend zu sich. Wo ich über die Bretterschläge und Brunnen blicke, die versprengt darin stehen und die Kieswege, die sich dazwischen hindurchschlängeln. Von wo aus ich zurück zum Stall reite, wo ich den Jungen bitte, mir das Pferd abzusatteln. Wo ich in den Pick-up steige und zum Gutshof fahre.

Am Wegrand hob ein Weinbauer die Hand zum Gruß. Unter den Reifen zerbrach ein Ast. Zwischen den die Straße säumenden Nadelbäumen sah er Arbeiter mit Wasserschläuchen hantieren.

Das Dienstpersonal grüßte freundlich, fragte, was er zu trinken oder zu essen wünsche. Kat erwiderte die Nachfrage, indem er sich nach der Hausherrin erkundigte. Frau Isabelle, wurde ihm geantwortet, sei noch immer im Ort, sie sei bei der Testamentseröffnung. Sie würde aber jeden Moment eintreffen. Für diese Auskunft bedankte sich Kat und ging in Isabelles Arbeitszimmer. «Den alten Mann haben die beiden Angestellten ehrlich gemocht, das hört man aus ihren Stimmen heraus», sagte Kat, um sich das Sprechen anzugewöhnen, als er durch die Fenster immer wieder hinaus in den Hof blickte.

Auf dem Schreibtisch griff er nach der Tageszeitung und setzte sich in einen schweren Sessel. Er blätterte sie von hinten durch, doch wollte kein richtiges Durchblättern gelingen, da die Zeitung zu dünn und zu groß war. Öfter überblätterte er eine Seite, worauf er zur jeweiligen Seite zurückblätterte, nur um gleich wieder weiterzublättern. Auf seinem Stiefel landete eine Fliege. Kat überflog die Überschriften und Bilder, auf manchen Seiten suchte er sich eine zufällige Textstelle aus und las einige Sätze. Er schloss die Augen und hörte das Summen der Fliege. «Das kommt davon», sagte er und blickte vor seinem Gesicht umher.

Er blätterte die Zeitung ein weiteres Mal durch. Aus dem Augenwinkel sah er die Fliege über den Schreibtisch wandern. Langsam rollte er die Zeitung zusammen, schickte sich an, lautlos aus dem Sessel in eine halbe Hocke aufzusteigen –, aber da war sie schon weg. Er blickte also durchs offene Fenster in den Hof. Aus dem Springbrunnen plätscherte das Wasser.

Wieder sah Kat die Fliege über den Schreibtisch wandern. Er schlug nach ihr und verfehlte sie. Er blickte zur Wanduhr. Er blickte auf seine Stiefel. Er blickte aus dem Fenster: «Aus dem Arbeitszimmer beobachtete Kat den Wagen, der vor dem Haus anhielt.»

Die Fahrertüre öffnete sich und Isabelle stieg aus dem Wagen. Kat sah, wie sie erst auf das Haus zusteuerte, dann aber zum Springbrunnen ging. Es heißt: «Er sah, wie sie es sich anders überlegte.» Isabelle setzte sich auf den Brunnenrand, «und starrte vor sich hin, wobei sie ihre fantastischen Beine übereinanderschlug».

Das gegenseitige Auflösen der Geschwindigkeiten

Aus dem Arbeitszimmer beobachtet der Mann den Wagen, der vor dem Haus anhält. Er beobachtet, wie der Wagen seine Geschwindigkeit drosselt, wie er abbremst, und wie er schließlich hält. Der Mann, der sich zum Beobachten leicht aus seinem Sessel beugt, beobachtet aber auch, wie der Wagen, bevor er in den Stillstand bremst, seine Richtung änderte. Er beobachtet, wie der Wagen in den Hof und damit in eine andere Richtung und in eine andere Geschwindigkeit abbiegt. Eine Geschwindigkeit, die sich indes fortwährend verändert. «Übergangslos», denkt der Mann. «Insofern ständig im Übergang.» Stufenlos vermindert der Wagen seine Geschwindigkeit. Stufenlos verminderte sich die Geschwindigkeit des Wagens. Stufenlos wich die Geschwindigkeit des Wagens. Sie wich stufenlos einer verminderten Geschwindigkeit, die ihrerseits einer verminderten Geschwindigkeit wich, indem sie der nächsten, verminderten Geschwindigkeit wich, die ihrerseits einer anderen, noch minderen Geschwindigkeit wich und so fort. Da sich also das Vehikel ruhig und regelmäßig, doch ungleichmäßig bewegte, da also die verschiedenen, ineinander verschwindenden Geschwindigkeiten nicht Treppenstufen waren, wurde der Mann müßig, das Drosseln und anschließende Abbremsen des Wagens als eine Abfolge verschiedener Geschwindigkeiten und Richtungen zu sehen. Also sieht er das Folgende: Der Geländewagen wird zunehmend langsamer. Die Schnelligkeit, die den Wagen kraftvoll übers Gelände stieß, aber auch die Regelmäßigkeit, mit der sie Staub und Schotter in die Luft spülte, nimmt zunehmend ab, da das Abnehmen der Geschwindigkeit das Zunehmen einer anderen Geschwindigkeit sei, denkt der Mann im Sessel. Wie der Wagen nacheinander aus einer kräftigen Geschwindigkeit heraus in eine zunehmend schwache, dafür umso rücksichtsvollere Geschwindigkeit hineinfahre, werde das Abnehmen des einen zunehmend durch die Zunahme des anderen abgelöst und in dieser Weise beschleunige sich der Wagen. Die Geschwindigkeit nähere sich zunehmend ihrer Abwesenheit, je weniger sie werde, desto mehr werde sie nicht mehr sein und je mehr sie nicht mehr sein werde, desto mehr werde die Ruhe in diesen Wagen fahren. Wenn sich also die Geschwindigkeit einem Nullpunkt nähere, so müsste sich doch in gleichem Maße die Ruhe einer Endlosigkeit nähern, denkt der Mann weiter in seinem Sessel. Der Geländewagen, der durch das Eingangstor in den Hof fährt, dabei seine Geschwindigkeit drosselt, um schließlich zum Stehen zu kommen, rase in Tat und Wahrheit auf den Stillstand zu, schoss es dem Mann im Sessel durch den Kopf.

Habe er das nun aber gesehen oder habe er sich das ausgedacht, dachte der Mann und ärgerte sich sogleich über diesen Gedanken.

«Ich habe den Wagen bereits gesehen, noch ehe er die Böschung hochgefahren und hinter dem Eingangstor erschienen war, von wo er, erst in regelmäßigem Tempo, dann dieses drosselnd, in den Hof hineinfuhr. Durch das offene Fenster hatte ich das fortwährende Explodieren von Zylindern gehört, das mit den Geräuschen der Reifen auf Kies und dem leichten Zittern der robusten Karosserie dem schweren Brummen eines Insekts glich, das in hörbarer Entfernung ruhig zur Zimmerdecke steigt, und entsprechend stellte sich mir nicht das Bild eines Verbrennungsmotors ein, dafür aber jenes der Reifen und des ganzen, die Böschung hochfahrenden Wagens, noch ehe dieser die Erhebung im Gelände überwunden hatte und sich hinter dem Eingangstor in mein Sichtfeld bewegte. Ohne zu überlegen, aber im Wissen um die Testamentseröffnung, teilte ich den Geräuschen des Insekts also die Bilder des Geländewagens zu. Die Bilder des genauen Wagenmodells und die Bilder eines Pferdes, einer Weintraube und eines vereinfacht dargestellten Grenzumrisses, die allesamt als Sticker auf der Kofferraumtür neben das Nummernschild dieses Wagenmodells geklebt waren. Dazu auch das Bild eines Duftspenders, der in der Form einer im Wind stehenden Flagge und in den Landesfarben bedruckt unter dem Rückspiegel angebracht gegen das leichte Rütteln der Karosserie pendelte. Diesem Bild entstieg der Duft synthetisierter Wildrosenessenz und leise das Geräusch der Reibung des Fadens des Duftspenders am Hebel des Rückspiegels. Ja, ich habe den Wagen bereits gesehen, ehe er über der Böschung erschien», sagte der Mann und fügte in seiner Sprechlaune hinzu: «Aus dem Arbeitszimmer beobachtete Kat den Wagen, der vor dem Haus anhielt.»

Der Hof

Während derweil im Hof Isabelle aus dem Wagen stieg, «es» sich «anders überlegte», zu dem Springbrunnen ging, sich auf den Rand setzte und dazu fantasievoll ihre Beine übereinanderschlug, stand Kat weiter im Fenster, wo ihn eine süße Schwere überkam, der er mit Worten beizukommen suchte, weniger, um diesen Zustand abzufedern, mehr, um sich weiter im Sprechen zu üben: «Wie schade es doch ist, dass man immer nur das eine sehen kann, das eine sagen, hören, spüren kann. Dass das andere dabei unweigerlich zurücktritt, dass man nie mehrere Dinge, Sprachen, Gedanken oder Bilder gleichzeitig wahrnehmen, denken oder gar empfinden kann. Oder doch? Vielleicht, wenn ich auf eine Sache nicht achte? Muss alles unbemerkt bleiben, dass ich nicht dem ein oder anderen den Vorzug gebe? Ja, dass ich nicht dem Plätschern des Wassers mehr Aufmerksamkeit schenke als dem Mörtel, der die Steine des Brunnens zusammenhält? Oder überhaupt erst, dass ich dem Plätschern mehr Aufmerksamkeit schenke als dem Wasser selbst. Wie ungerecht, wo doch gerade das Wasser jenes liebliche Geräusch und jene flinken Reflexionen von Licht ermöglicht, die das Plätschern bedeuten! Aber bin das überhaupt ich, der hier Aufmerksamkeiten verschenkt? Ist es nicht das bunte Spiel des Wassers und des Sonnenlichts, das mich aufmerken lässt? Das mir frech in die Augen zwickt und meine Ohren salbt. Ganz ähnlich wie die Beine der Isabelle. Sie hat die ja so fantasievoll übereinandergeschlagen. Oder fantastisch, wie es jemand anderes beschreiben würde. Laufen die Sinneseindrücke stiftenden Dinge einen Wettlauf um meine Aufmerksamkeit? Wie frech von mir, so etwas zu denken! Selbstgefallen ist doch widerlich. Aber vielleicht ringen sie tatsächlich untereinander aus, wer andere aufmerken lässt, und ich bin bloß der Kuhjunge und Pferdeflüsterer, der sich zufällig an den Seilen eingefunden hat und zuschaut. Was weiß ich schon. Ich seh doch nur, was ich benennen kann, in Worten, die mir vorgelegt wurden, ‹fantastische Beine›, wer hat denn sowas gesagt? Besser also, ich schweige wieder, damit ich besser sehen kann.» Hmm, dachte Kat: Aber es verhält sich ja mit den Gedanken ganz ähnlich. Wenn ich doch bloß bilderlos und sprachlos denken könnte! Kein Eindruck würde um meine Gunst buhlen. Kein Gedanke würde sich aufdrängen. Ich würde bloß noch denken und nicht bloß denken, ob jetzt zuerst dieser Hof hier war oder ob er bloß durch das Haus entstand, das ihn umschließt. Ich würde mich nicht fragen, ob der Hof der Architektur dieses Gebäudes zuzurechnen oder ob er bloß die Lücke darin ist. Und dass wiederum Lücken nicht Leerstellen bedeuten müssen. Ich würde nicht in diesen bescheuerten Abfolgen und Aneinanderreihungen zu denken brauchen, in diesen Abhängigkeiten, sondern alles dächte sich mir mit derselben Intensität. Ich dächte auch nicht in unterschiedlichen Meinungen. Hier vom Hof, der noch vor Errichtung des Hauses, als das Ungeziefer an seiner Stelle durchs hohe Gras kroch, bereits da war, nur weil der alte Mann den Beschluss gefasst hatte, hier ein Haus zu bauen. Da vom Hof, der erst als Folge der Errichtung dieses Gebäudes entstanden ist. Ich fiele mir nicht selbst ins gedachte Wort mit dem Hinweis, dass im Wort diese beiden Bedeutungen von Volumen und Lücke bereits enthalten sind. Ja, ich wünschte weniger zu denken, damit ich denken kann. Damit das Gedachte, im Moment, in dem ich es denke, nicht zu unausgedehnten, sinnlosen Krümel verkommt. Das ist es doch, was das Denken mit den Dingen und also mit sich selbst macht. Es löst sich immerzu selbst auf. Wenn es doch dabei bleiben würde! Wie frei wäre ich dann zu denken! Doch schon springt es zum nächsten Gedanken, und ich kann nicht anders, als widerwillig hinterherzulaufen. Imaginationen, Wünsche, Absichten: Was zählen sie, wenn sie doch nur unausgedehnt richtige Entfaltung erfahren und doch, wie alles, zu ständiger Bewegung und also zum Ausdehnen verdammt sind? Wenn ich ihn doch nur wie meinen Stiefel ausziehen könnte, den Gedanken! Wenn ich das Denken abends doch nur ablegen könnte, wie Hemd und Hose! Doch was folgte darauf, was zeigte sich darunter? Das Kleid eines nackten Körpers. «Was ist also besser?», fragte Kat. «Ständig zu sprechen oder auf ewig zu schweigen?» Was habe ich für eine Wahl? Man hat mir die Worte ja schon als Kind in den Mund gelegt.

Teilchen

«Da gehe ich unter Fremden, die keine Fremden sind, nur Punkte auf Lebensgröße vergrößert, Punkte, die mancherorts aufeinander zuströmen, sich für Momente um sich scharen, um andernorts wieder auseinanderzufließen, Flüsse erst, dann Rinnsale, Tröpfchen, einzelne, versprengt, Sprengsel, die Orte aufsuchen und Orte meiden, über Apparaturen Teilchen und Wellen austauschen, Punkte, die einander über Wellen Punkte reichen, die den Punkten gleich einander näherkommen, um wieder voneinanderzugehen und über ihre Punkte Punkte beschreiben, Teilchen, die als Teile von Teilen Teile bilden, Wellen bilden, Wogen, die unter Anzeigetafeln und Lautsprechern brechen und wieder als Punkte Fahrzeuge besteigen, die sich auf einem großen Punkt in unterschiedlichen Geschwindigkeiten verschieben.

Das Licht in den Korridoren, die Luft in den Korridoren, das Licht in den Abflugs- und Ankunftshallen, die Luft in den Abflugs- und Ankunftshallen. Rollkoffer, Taschen, Flugzeugturbinenlärm, Werbetafeln und wieder Werbetafeln. Die Beschleunigung auf der Startbahn, das Überwinden der Schwerkraft des Fliegers, das Spüren der Schwerkraft im Sitz, die Erläuterungen, das Zerfallen der Dinge zu Ansammlungen von Punkten. Nur die Wolken nicht, die Wolken bleiben Wolken. Umhergehen als Punkt unter Punkten auf Straßen, zwischen Häusern, in Cafés. Parks und Plätze voller Punkte. Parks und Plätze ohne

Punkte. Mit anderen Punkten ins Gespräch kommen, Teil werden, für Minuten. Für Stunden. Für Tage Teil sein. Und wieder auseinandergehen, im Wissen, einige Punkte nie wieder zu sehen, andere aber schon. Überhaupt das Wissen um neue Punkte. In der Ferne all die weiteren Punkte wissen.

Dem Übergang einer Jahreszeit lauschen. Dem Knospen einer Pflanze, dem Wechsel der Druckgebiete, dem hereinbrechenden Regen, dem Morgentau, dem längeren Licht. Sich auf Bahnen bewegen. Vermeintlichen Linien folgend. Orte abschreiten, um in der Zukunft seine eigenen Wege zu kreuzen. In ein offenes Fenster schauen, ohne zu wissen, hier Jahre später zu wohnen. Bahnen ziehen um einen schwindenden Stern; Bahnen ziehen um einen unsichtbaren Fixpunkt; Bahnen ziehen, um sie später nachzuzeichnen; Bahnen ziehen, um sie später zu verwischen; Bahnen ziehen, um Bahnen zu ziehen; Bahnen ziehen, um dem Schwinden dieses Sterns zu entkommen, noch ehe man selbst schwindet. Um dann selbst zu schwinden», hatte Isabelle gesagt, während sie am Abend in den Spiegel geschaut hatte, nachdem sie zurückgeflogen und wieder zuhause gewesen war.

«In den Spiegel blicken und sich selbst als jenen Punkt erkennen, den man unter Punkten ist.»

Der Cowboy und die Lady

«Kat träumte nachts von Isabelle, obwohl ...»

«Isabelle dagegen war in einer Welt des Luxus ...
Kat war eine Zeit lang von Rodeo zu Rodeo gezogen ...
Isabelle bevorzugte Seide und teure Parfums ...
Kat hingegen trug Leder und roch nach Pferden.»
«So etwas passte einfach nicht zusammen.»

Kat arbeitete seit drei Monaten auf dem Pferdehof.

«Er war erst seit drei Monaten auf dem Pferdehof gewesen», als Isabelle zurückkehrte, «als Isabelle ... zurückkehrte.»

Als er ihr zum ersten Mal begegnete, «schon als er sie das erste Mal sah», wusste er, dass er in Schwierigkeiten geraten würde, «wusste er, dass es Schwierigkeiten geben würde.» Weil er sie begehrte. «Weil er sie begehrte.»

«Während Kat noch die Boxen ausmistete und frisches Stroh darin verteilte», kam Isabelle von ihrem Ausritt zurück. Kat richtete sich auf und rieb die Handflächen an seinen Jeans.

Er dachte, sie gehe auf ihn zu. Er dachte: «Sie ging auf ihn zu.» Er dachte: Ich sah ihr dabei zu. Er dachte: «Er sah ihr dabei zu.» Er sah ihre Beine und dachte: «Ihre Beine.» Er sah ihre Ellbogen, ihre Schultern, dachte aber nicht: «Ihre Ellbogen, ihre Schultern.» Hinwieder beschrieb er sich ihren Busen, dessen Form sich unter der weißen Bluse abzeichnete, der Bluse, die in die Jeans gesteckt war, die Jeans, deren Naht so ordentlich den «fantastischen» Beinen folgte, und teilte dieser Erscheinung also Begriffe zu wie «sinnlich», bewusst, natürlich, intelligent, «heiß» wurde in Gedanken genannt. Auch hieß es da: «Sobald er sie bemerkte, hätte er sich aus dem Staub machen sollen.» Wer machte nun aber diesem «einfachen» Mann Bange? Kat, die «Rolle», in der er sich wissend-unwissend gefangen sah, oder Isabelle? Was war also die Alternative zur Flucht, ein Übergriff?

Er bot ihr an, ihr Pferd abzusatteln, doch sie lehnte ab. «Er bot ihr an», sagte er, «ihr Pferd abzusatteln». Doch: «Sie lehnte ab.» Er sagte: «Sie nimmt den Hut vom Kopf und wirft das Haar nach hinten.» Er sagte: «Sie striegelt das Pferd.» Er sprach auch von ihrem Blick.

Später würde er sich an gewisse Dinge nicht mehr erinnern können. An andere Dinge jedoch schon.

Der anständige Mann, der Kat in dieser Situation war, ergriff also keine Flucht, sondern ging auf Isabelle zu. Er sagte: «Ich gehe auf sie zu.» Er griff ihre Hüfte. «Ich greife ihre Hüfte.» Und presste sie an sich. «Und presse sie an mich.» Er sprach ein weiteres Mal von ihrem Aussehen und er sagte später (zu sich): «Aufwühlend. Sanft.»

Daraufhin löste er sich von ihr.

Ja, es ist die Rede von Verlangen.

Ja, es ist die Rede vom Verstand.

Kat sagte sich, er sei ihr begegnet. Er sagte ihm, er sei ihr begegnet. Er sei derjenige gewesen, der ihr damals begegnet sei, sagte er. «Dieser», sagte er, «der ihr begegnete, bin ich gewesen.» «Der ihr begegnete», sagte Kat, «bin ich gewesen.» Der ihr begegnete, sagte er, sei er gewesen. «Er», sagte er «sich», sei «er» gewesen. Er sagte: «Er begegnete ihr.» Dieser, sagte er, sei er gewesen. «Das war ich.» Und: «Ich bin dieser.» Jener. «Dieser», sagte er ihm, «ist ihr begegnet.» Und «er» sei ihm dabei gefolgt, sagte er ihm. Er sagte ihm, er (der dieser und also jener gewesen sei) sei ihm gefolgt und «dieser», also er, sei ihr begegnet. Sowohl dieser sei ihr begegnet, als auch «er», «ich» und «jener», da «er» dieser Handlung gefolgt und entsprechend auch «ihr», «sie», «ich», «ihnen» begegnet sei. «Ich bin ihr begegnet», sagte Kat, «als ich in den Boxen frisches Stroh verteilte.»

«Vor Wut über sich selbst hatte er sie von sich gestoßen und ihr mitgeteilt, sie wäre für seinen Geschmack zu unerfahren.»

Er fragte: «Was kann ein Cowboy so einer Lady schon bieten?»

Wie es geschehen war oder auch nicht

«Es war kurz nach meiner Rückkehr gewesen, als ich nach einem abendlichen Ausritt mit meinem Pferd zur Scheune gekommen war, wo Kat gerade frisches Stroh in den Boxen verteilte.»

«Der Anblick seines Oberkörpers hatte mir den Atem geraubt.» Kat habe in jenem Moment vollkommen gewirkt. Zur Veranschaulichung seiner Vollkommenheit zog sie eine berühmte Bildhauerei zum Vergleich heran. Zum «Vergleich ... heran»? Kat war eine Skulptur. «Obschon» sie damals erkannt habe, dass sie «sowieso früher oder später nach einem Anlass gesucht hätte, um mit Kat allein zu sein», könne sie auch jetzt noch nicht schildern, wie Kat auf sie zugekommen sei. Auch sie «wusste im Nachhinein nicht mehr, wie es geschehen war, dass sie plötzlich in seinen Armen lag». Seine Lippen seien heiß gewesen. Ja, sie habe sie deutlich auf ihrem Mund gespürt. Sein Körper sei «verlangend» gewesen, er habe sich an ihren Körper gepresst. Der Kuss sei «verzehrend» gewesen und überdies «glutvoll».

Sie schüttelte den Kopf, als wollte sie die Erinnerung an diese Umarmung, die leidenschaftlich gewesen sei, verdrängen.

Wieso denke sie überhaupt an Kat, fragte sie sich.

Wofür lebe ein Mann wie er eigentlich?

Sie antwortete sich mit den Worten «Erfüllung» und «Triebe».

An einer anderen Stelle heißt es:

«Das ergibt doch keinen Sinn.»

Wofür lebt so ein Mann eigentlich?

Der Anblick seines Oberkörpers hatte Isabelle den Atem geraubt.

Da stieg mir tatsächlich das Begehren in die Brust. Doch was begehrte ich? Seinen Oberkörper? Gewiss. Diese schöne Form, die das Volumen seiner Fleischmaßen zeichnete, ja, mit der sein Fleisch zur Masse, vielleicht auch zum Volumen wurde? Diese feine Art, mit der die Muskeln und das restliche Gewebe um die Knochen wuchsen und die mir dann jenes unterhaltsame Zusammenspiel präsentierten, als Kat mit der Heugabel herumhantierte? Wie sich sein kräftiger Rücken dehnte, wenn er ins Stroh stach und die so sorgfältig unter seiner Brust verteilten Wölbungen, wie sie sich spannten, als er in der Bewegung des Aufrichtens das Stroh in die Boxen warf. Wie ideenreich die Haut über das Fleisch gelegt wurde und dieses nicht bloß vor dem Auseinanderfallen bewahrt, sondern ganz und gar ihm einen Zugang nach außen verschafft hatte, mehr Tür denn Hemd. Zeigen und verstecken, überhaupt das ganze Spiel der Nacktheit dieses Oberkörpers, Nacktheit, die doch alles zeigt, nur sich selbst nicht und genau das dann auch noch zur Schau stellt! – indem sie es versteckt.

Ja, das Begehren stieg in meine Brust, das Begehren stieg in meinen Kopf. Doch was begehrte ich? Wonach verlangte ich, wonach wollte ich greifen? Nach Kat? Langte ich tatsächlich nach seinem Oberkörper? Oder begehrte ich bloß jenes Begehren? War Kat nicht einfach eine Sänfte, die mich durch die immergleichen Abläufe der Tage an einen Ort der Kurzweiligkeit tragen sollte? Denn was berührte ich, als er mich in den Arm nahm und «glutvoll» küsste? Liebesglut? Lippen, die einander gaben und voneinander nahmen, küssend, in ein und derselben Bewegung? Münder, die führten und geführt wurden, zeigten und auf die gezeigt wurde, hinter denen sich aber nichts zeigte, nichts zum Vorschein kam?

Nicht Kat war das «Objekt der Begierde» und kam hinter jenen Bewegungen des Küssens hervor. Kat griff auch nicht nach mir, nicht mich berührten seine Berührungen. Indem er mich berührte und dadurch berührt wurde, berührte er vielmehr die Grenzen der Berührung, er rührte an der Grenze seiner selbst, presste sein Außen gegen mein Außen und ich in gleicher Weise. Ob er diese Grenze auch überschritt? Wohl eher eine andere Grenze.

Ich kann ihm seine Unbeholfenheit auch nicht abnehmen, hieß es nicht auch, dass ich «sowieso früher oder später nach einem Anlass gesucht hätte, um mit Kat allein zu sein?». Nicht, um ihm nahe zu sein, nicht um eine Distanz, sondern ganz im Gegenteil, um genau jene vermeintliche Nähe zu überwinden. Ich musste nicht nur zugeschriebenermaßen in Kats Armen landen. Ich musste in ihnen landen, um jenes Schwelen auszulöschen, mit dem mir das Verlangen Bilder zuspielte, wird es doch von den Vorstellungen besser genährt als von tatsächlichen Ereignissen. Ein Kuss und ich bräuchte für diesen hübschen, doch nicht sonderlich gescheiten Cowboy nie mehr zu schwärmen, weil sich mir zeigen würde, wie spröd doch seine Lippen, wie schütter sein Haar und wie unscharf seine Augen in der Tat sind.

Der Vorschlag

Als Isabelle von der Testamentseröffnung zum Gutshof fuhr und ihr Arbeitszimmer betrat und ihr Kat sein Beileid aussprach und sie ihm mit einem Vorschlag antwortete, erwiderte er diesen mit einem Gegenvorschlag.

Worauf sich ihr Hals sichtbar anspannte.

Worauf sie ihren Brustkorb hob und ihre Arme senkte.

Worauf ihre Wangen sich röteten und ihre Ohren erblichen.

Worauf sich ihre Pupillen weiteten und ihr Lidschatten zitterte.

Draußen leise das Pfeifen einer Wanderdrossel.

Das Surren einer Wespe gegen die Scheibe des geöffneten Fensters.

Auf dem Korridor die Schritte der Haushälterin.

«Schließlich blickte sie ihm direkt in die Augen und atmete schwer aus. ‹Abgemacht.› Sie reichte ihm die zitternde Hand.»

Die Verabschiedung

Was könne sie für ihn tun, fragte Isabelle und hörte zu. Und was sei damit, fragte sie. Sie horchte. Sie verstehe, sagte sie und fragte wenig später, ob sie denn überhaupt noch –

Wenn es so sei, sagte sie, dann – «oder machen Sie, was Sie für richtig halten», unterbrach sie sich selbst und verabschiedete sich.

Der Übergang

Im Vorbeigehen blickte Kat durch das geöffnete Tor in den Schuppen. Er sah darin einen alten Anhänger stehen. Diesen musste er einige Tage zuvor bereits betrachtet haben, da er bei dessen Anblick bemerkte, dass die vormals platten Reifen «vor Kurzem» repariert worden waren.

Auf dem Kiesboden lag eine kaputte Seilwinde.

Hinter dem Anhänger stand eine elektronische Wasserpumpe. An der Decke hing eine nackte Glühbirne.

Neben der Seilwinde häuften sich rostige Nägel.

«In den Reifenprofilen klebte roter Lehm.»

Kat ging weiter zur Scheune. Er blickte auf einen Zaun. Zwei der Zaunpfähle waren zur Seite gestürzt. Deshalb, sagte er, läuft der Draht zu diesen Pfählen nach unten und von ihnen weg nach oben.

Er sah eine tote Maus. Aus ihrem zertrümmerten Schädel floss Blut und eine helle Flüssigkeit. Ihr Körper war zerdrückt. «Als» er die ausgetretenen Eingeweide bemerkte, sagte er: Diese Maus muss überfahren worden sein.

«Kat musterte die Scheune.» Er betrachtete das Dach und sagte, das Fachwerk. Er schaute auf die Wände und sagte, das Holz. Er blickte zum Tor und sagte, die Tür. Er blickte zur Tür und sagte, der Türsturz. Einen Augenblick lang versuchte er sich vorzustellen, wie diese Scheune errichtet worden sei.

Neben der Scheune stand ein Transporter. Vor der Scheune lag ein Stein. Auf der Scheune saß ein Vogel. «Derselbe Lehm hing auch an der Achse vom Transporter des» Verdächtigten.

Kat dachte über die Aussagekraft dieser Beobachtung nach und nannte sie einen Beweis. Dieser war aber «noch nicht wasserdicht». Daraufhin nannte er den Beweis: Verdacht, und diesen bezeichnete er als begründet.

Kat schaute zum blauen Himmel und fragte sich, weshalb er keine Regentropfen spüren würde. Dafür spürte er den leichten Wind an den Armen.

Als Kat und Rihs das Café betraten, blickte Rubidell auf. Kat und Rihs blickten zu Rubidell. Rubidell blickte zu ihnen. Rubidell müsste ihren Blick eben noch nach unten gerichtet haben, dachte Kat. Rubidell dachte, sie müsse eben erst aufgeblickt haben. Rubidell dachte: «Ich habe das Klingeln an der Tür gehört, daraufhin blickte ich auf.» Und: «Nachdem ich aufgeblickt hatte, blicke ich zu Kat und Rihs.» Schließlich: «Ich blicke zu Kat und Rihs, weil ich die Klingel an der Tür gehört habe.»

«Warum sonst würde Rubidell aufblicken?»

«Blickte ich erst auf und dann zu Kat und Rihs oder blickte ich auf, indem ich zu Kat und Rihs blickte?»

Rubidell begrüßte die beiden mit einer Bemerkung zur Tageszeit. Kat erwiderte den Gruß, indem er von seinem Befinden sprach.

Nach einer kurzen Pause gab er eine Bestellung auf. Diese erwiderte Rubidell mit der Frage nach Kaffee. Bevor ihr Kat antworten würde, blickte er sich um. «Bis er die Männer fand, nach denen er Ausschau gehalten hatte.»

Nachdem er die Männer gefunden hatte, stieß er seine Schulter «unauffällig» gegen Rihs Schulter. Rihs blickte zu Kat. Dieser bejahte Rubidells Frage und schloss mit der Aufforderung: «So schnell wie möglich.»

«Hallo, Rihs, Kat.»

Einer der alten Männer lächelte.

Kat erwiderte den Gruß und fragte die alten Männer, ob er und Rihs sich zu ihnen setzen dürften. Er nannte die alten Männer «Jungs».

Als Antwort auf seine Frage stieß einer der alten Männer einen anderen der alten Männer an, damit dieser alte Mann ein Stück zur Seite rutschte. Ein nächster alter Mann rief den beiden zu: «Holt euch zwei Stühle.» Worauf Kat Rubidell bat, den alten Männern auf seine Rechnung Kaffee einzuschenken. Dieses Mal nannte er sie «alte Knaben».

Einer der alten Männer bedankte sich bei Kat.

Ein anderer wiederholte diesen Dank.

Wieder ein anderer verlieh dem Dank Nachdruck.

Kat nahm den Dank entgegen.

Er müsse es nur geschickt anstellen, hatte er zuvor Rihs gesagt, damit ihm die alten Männer die gewünschte Auskunft geben würden. Er hatte die alten Männer dabei «schneller als die örtliche Zeitung» genannt.

Er nahm sich vor, die alten Männer zum Reden zu bringen.

Er wollte die alten Männer zum Reden bringen.

Er hatte mit Rihs dieses Café betreten, um diese alten Männer zum Reden zu bringen.

Diese alten Männer waren doch nur da, um zum Reden gebracht zu werden.

«Er musste sie nur zum Reden bringen.»

Wie zur Antwort fragte einer der alten Männer die beiden, was sie denn ausgerechnet an diesem Tag im Ort machen würden.

Rihs benötige Tierfutter, sagte Kat.

«Das Tierfutter ist in den letzten Tagen knapp geworden», sagte Rihs.

«Und ich bin einfach mitgefahren», sagte Kat.

«Und Kat ist einfach mitgefahren», sagte Rihs.

«Und die nächste Lieferung wird erst in einer Woche eintreffen», sagte Kat.

«Ich schwöre», sagte Rihs.

«Das Tierfutter verschwindet immer öfter», sagte Kat.

Und Rihs sagte:

«Wenn ich es nicht besser wüsste, würde ich annehmen, jemand bedient sich unerlaubt.»

«Unerlaubt», sagte Kat und hörte das Knarren eines Stuhls. Rihs hörte das Anheben eines anderen Stuhls und beide hörten, wie dieser an einer anderen Stelle hingestellt wurde.

Einer der alten Männer ließ seine Zunge gegen die Munddecke klatschen. Er presste die Atemluft auf die

Stimmbänder und hob dazu leicht das Kinn. Er räusperte sich. Ein Typ aus A…, der den Pferdehof vom Freiländer gekauft habe, sagte er, habe gemeint, sein Anhänger sei mitsamt dem Futter gestohlen worden. Daraufhin empörte sich ein anderer, diese Nachricht habe er ihm aber vorenthalten. Worauf der eine erwiderte, er sei ihm keine Rechenschaft schuldig, er müsse ihm nicht alles sagen. «Ich sage dir ja auch nicht alles, was ich weiß.»

Rubidell servierte Kat einen Speckpfannkuchen und goss Kaffee nach.

Auf Kats Aussage «Diebe können wir überhaupt nicht gebrauchen», senkten die drei Männer zur gleichen Zeit den Kopf, um ihn zur gleichen Zeit wieder zu heben, zur gleichen Zeit nickten sie.

Einer rieb sich das Kinn. Ein anderer kratzte sich am Ohr. Ein Dritter sagte: «Also.» Daraufhin sagte der Erste: «Ich will ja nicht tratschen.» «Aber», unterbrach ihn der Zweite, «man muss davon ausgehen, dass hinter jedem Gerücht ein Körnchen Wahrheit steckt.» Dann fragte der Dritte den Zweiten, ob er Kat und Rihs von Jon Kottonsson erzählen wolle. Der Zweite sprach: «Er arbeitet auf dem Steinernen Pferdehof.» Da sagte der Erste: «Vor drei Tagen ist er hier ins Café gekommen.» Noch ehe der Dritte sagte: «Und da beschwerte er sich darüber, dass einige seiner Zweijährigen fehlten.» Kottonsson habe gesagt, unterbrach ihn der Erste, dass der Vorarbeiter fast verzweifelt sei ob der Angelegenheit und sich nicht habe erklären können, ergänzte der Dritte, wie er sich habe verzählen können.

Rihs stellte eine Frage.

«Doch, wirklich, bestimmt», erwiderte der Erste. Kottonsson habe gesagt, sagte der Zweite, dass er die Zweijährigen erst im Frühjahr gezählt hätte, sagte der Dritte. Und er sei sich ganz sicher gewesen, sagte der Zweite, dass ein paar von ihnen fehlten, schloss der Erste.

Davon höre er, sagte Rihs, zum ersten Mal.

Oder: «Das ist das erste Mal», sagte Kat, «dass ich davon höre.»

Es müsse, sagte der Dritte, in den, sagte der Erste, letzten, sagte der Zweite, vier bis fünf, sagte der Erste, Wochen, sagte der Dritte, passiert sein, sagte der Zweite.

Daraufhin fügte der Erste hinzu: «Aber ihr seid ja soweit vom Schuss, dass ihr überhaupt nichts mitbekommt.»

Kat erkundigte sich, ob Jon Kottonsson oder sonstwer mit dem Sheriff darüber gesprochen habe. Das wüssten sie nicht, gaben ihm die drei zur Antwort, Jon Kottonsson habe gesagt, dass ihm die Sache egal sei, solange der Vorarbeiter nicht ihm die Schuld geben würde.

«Vermisst ihr denn Tiere?»

«Nein», log Kat, «alles vollzählig.»

Der Zweite winkte Rubidell, Rubidell schenkte Kaffee nach, bestens, sagte der Dritte, und alle drei nickten gleichzeitig.

«Dieser Rihs ist ein feiner Kerl.»

«Spuck es aus.»

Also gut, spuck es aus, du sollst es, spuck es aus, ausspucken, sag mir, spuck es aus, was du, spuck es aus, bereits, spuck es aus, gewusst hast, spuck es aus, mir aber, spuck es aus, nicht, spuck es aus, gesagt hast, spuck es aus, du bist, spuck es aus, doch, spuck es aus, mein Freund, spuck es aus, klar, spuck es aus, bin ich, spuck es aus, dein, spuck es aus, Freund, spuck es aus, klar, spuck es aus, hab ich, spuck es aus, bereits, spuck es aus, davon, spuck es aus, gewusst, spuck es aus, weshalb, spuck es aus, hast, spuck es aus, du, spuck es aus, hab ich, spuck es aus, weshalb, spuck es aus, ich nicht, spuck es aus, es, spuck es aus, früher, spuck es aus, ausgespuckt habe?, ja, spuck es aus, nun, spuck ich, spuck es aus, nun spuckst du, spuck es aus, und jetzt:

«Was machen wir jetzt?»

Kat öffnete die Fahrertüre des Pick-ups.

Rihs öffnete die Beifahrertüre des Pick-ups.

«Bist du sicher, dass das klappt?»

«Du musst morgen früh nur sagen», sagte Kat, «dass du zufällig im Büro des Pferdehofs warst und dass Dorothee Felder den Quartalsbericht erwähnt habe.»

Sie standen in der Scheune.

«Und wenn der noch nicht fertig ist? Morgen ist Samstag», gab Rihs zu bedenken.

Einen Augenblick dachte Kat nach.

Er ging in Gedanken noch einmal die jeweiligen Schritte seines Plans durch. Dann fügte er sich ins Unvermeidbare. «Ich schätze, wir werden bis Montag warten müssen.»

Aber auch Rihs hatte nachgedacht: «Weißt du, ich habe nachgedacht. Wie will er das alles selber machen? Das ist doch unmöglich. Wir sollten den Sheriff informieren.»

«Ich denke», erwiderte Kat, «du hast recht.» Kat wolle den Beschuldigten aber «auf frischer Tat ertappen».

Rihs nickte und äußerte einen Wunsch. Kat pflichtete ihm bei und nannte den Wunsch eine Meinung, der er sich später anschloss.

Er bat Rihs, am Montag den Bericht zu holen und Isabelle zu bringen. Er fragte, ob Isabelle die Berichte immer lesen würde.

«Immer», nickte Rihs.

«Gedankenverloren hob Kat ein Zaumzeug auf und hängte es an einen Haken.» Er betrachtete das aufgehängte Zaumzeug, untersuchte es mit Blicken und schätzte beiläufig ab, für wie viele weitere Ausritte es noch zu benutzen wäre. Wie zur Gegendarstellung fuhr er seine Rede mit einer Vorhersage fort:

Isabelle werde den Bericht entgegennehmen. Sie werde die wenigen Seiten durchblättern und überfliegen. Ihre Augen werden an gewissen Stellen länger verweilen als an anderen. Insbesondere Tabellen und Listen werde sie lesen. Sie werde erkennen, «dass weniger Tiere als beim letzten Mal in dem Bericht auftauchen». Darauf werde sie den Bericht ein weiteres Mal und aufmerksam lesen.

An dieser Stelle bezeichnete Kat Isabelle als «zu klug», als dass ihr nichts auffallen würde. Entweder werde sie hierauf bereits das Fehlen von Pferden bemerken oder erst nachdem sie die Zahlen mit dem letzten Quartalsbericht verglichen habe, den sie zu diesem Zweck «aus der unteren Schreibtischschublade holen» werde. «Wie dem auch sei» werde sich ihr Verdacht bestätigen.

«Und du fragst dich laut, ob in letzter Zeit neue Gesichter in der Gegend aufgetaucht sind.»
Rihs setzte sich den Hut auf.

Kat griff sich an die Gürtelschnalle.

Durch die Fenster der Scheune fiel das Licht der Abendsonne herein.

«An dieser Stelle wissen die beiden nicht, dass Isabelle am Montagmorgen Rihs bitten werde, den Quartalsbericht in ihre offene Aktentasche zu stecken», wusste Kat.

Rihs fragte ihn, ob er vorhabe, «ihr jemals von seiner Rolle in dem ganzen Spiel» zu erzählen. Kat verneinte.

Eindringlich musterte Rihs seinen Freund.

«Du liebst sie wirklich, stimmt's?»

Offroad

«Isabelle sah im Licht der Scheinwerfer nichts als eine staubige Straße und vereinzelte Büsche.»

Die Straße wurde schmaler und stieg an. Die Steine am Wegrand wurden größer. Die Büsche wurden weniger. Der auf die Straße geworfene Lichtkegel warf seinerseits die kleinen Schatten Geschossen gleich unter den Wagen. Auf größere dunkle Flecken folgte das Holpern des Pick-ups.

Isabelle suchte durch das Aufzählen von Farbtönen das Aufkommen von Langweile und Unsicherheit zu unterdrücken.

Sie blickte zu Kat, dieser blickte in den Lichtkegel. Sie blickte nach hinten und ihr fielen wärmere Töne zu. Drückte sie ihre Augen gegen die Scheibe an ihrer Seite und formte sie mit ihren Händen Sichtklappen, sah sie die Sterne am Himmel.

Die Straße wurde wieder eben und breiter. Die Büsche mehrten sich und es schien Isabelle nun, als führen sie bergab. Doch Kat beschleunigte noch immer den Wagen, als würden sie bergauf fahren. Wenig später mussten sie tatsächlich bergab gefahren sein, das Schalten, das leichte Verlagern des Körpergewichts, Isabelle sagte: «Es geht bergab.»

Nach einer Weile bremste Kat den Wagen.

«Kat schaltete den Motor und das Licht aus.»

Als sich Isabelle nach ihrem Aufenthaltsort erkundigen wollte, stieg Kat aus dem Wagen, er «beschloss, Isabelle keine Zeit zum Nachdenken zu lassen» und öffnete ihre Tür, reichte ihr seine Hand.

Schnell wurde aus der unförmigen Schwärze dieser Nacht eine Ansammlung dunkler Umrisse. Schatten, die sich über Schatten legten, Schatten warfen unter dem unscheinbaren Licht der kleinen Leuchten am Himmel.

Der Boden war ein breiter Teppich aus weichen Sandkörnern. Durch dieses trockene Flussbett gingen die beiden auf einen Hügel zu.

Es sollte heißen, dachte Isabelle, dass ich mich in dieser Situation ausgeliefert fühle: der unbestimmte Ort. Die Dunkelheit. Keine Menschenseele außer Kat. Die kantige Landschaft. Es sollte wohl heißen, dass mich dieser mögliche Zustand von Kat abstößt und zur selben Zeit an ihn heranzieht. Das Unbestimmte, ja gar Verborgene, das ihm vermeintlich innewohnt. Es soll womöglich heißen, dass diese prekäre Hervorgehobenheit, mit der wir kleinen Striche uns gerade durch jene Rinne in der Erdoberfläche bewegen, durch die zu anderen Jahreszeiten der Fluss fließen mag, womöglich den etwas ärmlichen Grund bildet, in dem sich dann jene sexuelle Energie aufladen kann. Eine Umgebung, die jene Risse, die sich entlang und durch jedes körperliche Handeln ziehen, veranschaulichen, ja gar verdoppeln soll. Was weiß ich. Dumm nur, dass sich dieser Gockel zu meiner Seite so wenig kennt wie all die spannenden Dinge, die ihn im Leben umgeben und denen er so wenig Beachtung schenkt. Dass mich eher die Langeweile sticht und die Trauer frisst, und ich mich über jede Gelegenheit freue, die nur einen Span von Abenteuer verspricht, sollte es vielleicht nicht heißen. Als ob ich nicht wüsste, wo wir sind, bin ich doch in dieser Gegend aufgewachsen, während dieser Oberkörper erst seit drei Monaten für uns anschafft. Aber ich gebe mich in seinen Entwurf einer Romanze. Die Natur hier ist immer schön.

«Am Fuss des Hügels, keine zwanzig Meter von ihnen entfernt, wuchs die größte Eiche, die Isabelle jemals gesehen hatte.»

Nun ja, wie gesagt, sie kenne diese Gegend und also auch die Eiche, doch sie wolle sie gerne beschreiben, sagte Isabelle, sie habe über den Hügel, den sie gerade eben mit Kat bestiegen habe und der doch abermals vor ihnen gelegen sei, gereicht, sie habe über das runde Gebirge, das dahinter als Pferdebauch über der Landschaft gelegen sei, gereicht, bis ins dunkle Blau des Himmels habe sie gereicht, bis tief ins Gestirn habe sie gereicht, wo die Sterne ihre frischen Blüten gewesen seien, sogar darüber hinaus habe sie gereicht, bis hinter jene Tiefe jenes Blaus, das jener Himmel gewesen sei, und hinter das Schwarz, das unter jenem Blau gelegen sei und unter dieser Eiche, sagte Isabelle, hätten rund ein Dutzend Pferdeställe Platz gefunden, keine Frage, unter ihr, sagte sie, hätte sich eine kleine Stadt errichten lassen, ein Kirchengebäude, Parks und Alleen, zwei, drei Bars, eine Pizzeria und eine ordentliche Gaststätte, eine Polizeistation, draußen ein kleiner Wasserturm, eine Feuerwehr, Villen, Reihenhäuser, Lichtsignale, Mülleimer, Abflüsse, Marktplätze, Sportplätze, Schulhäuser, alles hätte unter der Eiche Platz gefunden, der Stamm sei ja auch so dick wie Frühlingswasser gewesen, und die Rinde sei ja selber ein Baum gewesen, so fett, so von all den Witterungen gegärbt und zerschaffen und die Äste hätten, wenn daran nicht gerade die Sterne knospten, als Arme, Säulen, Welten, die sie waren, den Erdballen angetrieben, nicht zuletzt, den Liebenden frische Luft aus den unendlichen Weiten zugefächert, nein Winde seien es gewesen, Sonnenwinde und Sternwinde, die aus dem Raum den Liebenden körperliches Phantasma eingeflößt hätten, wobei das feingliedrige, schmalfingrige und doch telefonmastdicke Geäst noch immer ständig am Wachsen gewesen sei, auch bis hinter die Himmel, und der Mond, der prall, ja, feist an der Krone gehangen und den beiden Licht gespendet habe, habe auch dieses überlebensgroße, wohlige, heimelige, springende, sanft hin- und herschwankende, an Ort und Stelle verwurzelte Ungetüm beleuchtet, das nicht bloß pechschwarz in der Gegend gestanden sei, sondern auch pechschwarz geblendet habe.

Eigentlich sei der Baum das Gestänge gewesen, welches das Zeltdach Himmel getragen habe, bis in all seine Unendlichkeiten.

Es soll heißen, sagte Isabelle, dass sie sich in jenem Moment zu Kat gewandt und ihm gesagt habe: «Ich werde mich hier so würdevoll wie möglich verhalten, schwor sie sich.»

«Langsam näherte er sich ihr», sagte Isabelle.

«Vor ihr blieb er stehen», sagte Kat.

Erst habe er seinen rechten Arm, dann seinen linken Arm gehoben, sagte sie, und habe beide nacheinander «um sie» gelegt. Erst habe er den rechten, dann den linken Arm um sie gelegt, sagte Kat. Er habe seinen rechten wie seinen linken Arm gehoben und habe daraufhin beide auf ihren Rücken gelegt, sagte Isabelle. Er habe seinen rechten Arm und seinen linken Arm gehoben, sagte Kat, und habe daraufhin die Innenfläche der rechten und die Innenfläche der linken Hand zwischen Schulterblatt und über den Unterrücken gelegt.

Er habe, sagte Isabelle, die Innenfläche seiner Hände auf ihren Rücken gelegt.

Bevor er sie küssen würde, sprach er davon, wie es ihn gefreut habe zu hören, was sie gesagt hatte. Bevor er sie küssen würde, sprach er, dass es ihn freute, das Hören dessen, das sie gesagt habe. Das Hören habe ihn erfreut, sprach er, bevor er sie küssen würde. Das Hören des Gesprochenen, Wort und Stimme, freuten ihn, «freut mich», sagte er, «das zu hören».

«Die Berührung der beiden Lippen», sagte Isabelle.

«Der sanfte Druck auf ihren Mund», sagte Kat.

«Das Kosten des Kusses», sagte sie.

«Das Auskosten des Kusses», sagte er.

Sie sei das Brennen seiner Seele, sagte Kat, zertrümmere seinen Anstand, sagte er, das fehlende Glied, sagte er, als Lücke.

«Dagegen», sagte Isabelle, «dass ihr Atem nun schneller ging», sagte sie, dass sich das Ausatmen und Einatmen in immer kürzeren Abständen abwechselten, ja immer schneller aneinander vorbeirasten, aneinander vorbeiklatschten, dagegen, dass es darob knallte und beiden Mündern ein leichtes Stöhnen entwiche, dagegen, dass jene Beschleunigung der Gefühle, jenes Befeuern der Affekte, jenes Aufpeitschen der Stimmungen und jene Zunahme der Zugkräfte, nicht aufzuhalten seien, nicht zu stoppen seien und also alles zu schleudern beginne, alles aus dem Ruder liefe, stets in seinen Bahnen, stets auf Kurs, dagegen «konnte sie nichts tun», dagegen könne sie nichts tun, dagegen sei nichts zu tun, dagegen gäbe es kein Dagegen, kein Entgegen.
Er «vertiefe» seinen Kuss, sagte Kat.

Die Bilder, sagte Isabelle, dauerten bald länger als jener Moment, den sie heraufzubeschwören suchten, länger als ihre Handlungen und ihr Sprechen darüber, länger als das Sprechen der Handlungen, daher könne «jetzt» auch einmal kürzer sein.

Es werde geschildert, sagte Kat, was «wahres Verlangen» bedeute:

«Jede Faser» deines Körpers müsse sich nach einem bestimmten «Mann» sehnen. «Wilde Erregung» müsse heißen, was dabei in dir aufschäume, und wilde Erregung müsse schließlich auch darauf folgen, wild müsse die Erregung sein und wild das Erregtwerden. Die wilde Erregung müsse «erfasst» werden. Es müsse Leidenschaft heißen und diese müsse «sie» mitreißen. Es müsse heißen: «Seine Leidenschaft.»

Weiter heiße es, sagte Isabelle, dass «es» «geschehen» müsse. Zum ersten Mal im Leben, um «wahr» zu sein.

Jedes Nachdenken darüber müsse durch das Aufgeben jeglicher körperlicher Widerstände aufgelöst werden, sagte Kat.

Und darauf folge, sagte Isabelle, ein «rein instinktives» Reagieren, heiße es.

Das Reininstinktive sei ein Schmiegen erst, sagte Isabelle, sei ein Streichen, sagte Kat, ein Streicheln, sagte Isabelle, über den Arm, sagte Kat, um die Hüfte, sagte Isabelle. Ein Kosen sei es, sagte sie, ein leichtes Klopfen, Halten sei es, ein Stützen, Pressen, sagte er. Drumherum, sagte Kat. Untendurch, sagte Isabelle. Obendurch, sagte Kat. Schließlich sei es ein Davor, abermals sei es davor. «Angesichts» sei es. Angesichts von was? Von wem?

Ein Darüber, später nur über und kurz darauf wieder unten. Es sei sicher auch dieser Seufzer, jenes luftlose Zwitschern, das wortlose Schimpfen, das silbenlose Lob. Immer umschlossen, sei es immer ein Hineingehen, sei es ein Hinaussteigen. Sei es, mit einem Wort, das Wedernoch.

Das weitere Hinauszögern des Aktes geschehe durch den Einbruch eines Gedanken Isabelles, der so laute, sagte Kat:

«Wieso» bloß ein «Gefühl» von «Schlucht», «Schwindel»?

Ja, sagte Isabelle, sie stehe am Abgrund. «Ich kenne Schwindel», sagte sie. «Hinter mir die Reifenspuren, hinter mir der Pick-up. Vor mir stürzt der Schotter in die Tiefe.»

«In die Tiefe?», fragte Kat. «Stehst du nicht am Fuß und blickst in die überhängende Felswand? In die Höhe? Das Kreisen des Gipfels um deine Sicht.»

«Unverhohlenes Begehren» → «Engere Umarmung» → «Unverhohlenes Begehren»

«Sie fühlte sich hemmungslos und ungezügelt.»

Feuer:

«Kat hatte hinter den Sträuchern leichtes Brennholz gesammelt und zu einem kleinen Zelt aufeinandergestapelt. Aus seiner Tasche holte er drei größere Holzscheite, legte sie dazu und entfachte das Feuer. Er erzählte ihr eine etwas langatmige Anekdote aus seiner Kindheit, die unter anderem von drei Hunden handelte, welche die Namen Freude, Wurf und den Namen einer verstorbenen Sportikone trugen. Ausführlich schilderte er, wie diese Hunde durch die Straßen streunten oder an den Nachmittagen auf Schulhöfen schliefen. Wer ihre Besitzer gewesen seien, erwähnte er indes nicht. Vielleicht habe ihnen das Hörensagen die Namen verliehen, vielleicht seien es die Schulkinder, wahrscheinlicher aber ebendiese, namenlosen Besitzer gewesen. Übrigens setzte die Anekdote etwas außerhalb einer größeren Ortschaft ein. Auf einer Mülldeponie rauften sich die drei Hunde, spielerisch, wie es junge Hunde gerne tun. Der Wind trug Kunststoffbeutel und leichtes Verpackungsmaterial über den öden Landstrich. Ein Telefonmast, eine Straße. Eilig zogen am Himmel große Wolken vorbei. Von dieser Mülldeponie aus streunten die Hunde dann in die Ortschaft. Mehrmals betonte Kat, dass sie keine Landstreicher gewesen seien, keine Köter, sie hätten ein schönes Fell getragen. An den Übergang von den Hunden zu den Nachtfaltern, die am nächsten heißen Tag Zuflucht im kühlen Dunkel des Kinosaals gesucht hätten und dabei die Vorstellung durch ihren nervösen Flug ums Projektorenlicht nicht gestört, als vielmehr den überdeutlichen Film durch das Werfen unscharfer Schatten bereichert hätten, mag ich mich leider nicht mehr erinnern», sagte Isabelle. In bester Erinnerung blieb ihr dafür jene Szene, in der Kat als kleiner Junge zum ersten Mal einen Esel geritten habe, der ihn prompt durch das Ausschlagen seiner Hinterbeine in die hohe Luft und zu Boden gebockt habe. «An dieser Stelle der Erzählung hielt sich Kat seine Hand auf die Brust. Im Weiteren fielen einige Komplimente. Die meisten begannen mit dem Eingeständnis, sein Gegenüber anders eingeschätzt zu haben und schlossen mit der Überhöhung gewisser Zuschreibungen. Meist wurde auf ein Kompliment mit einer Geste, einer Berührung geantwortet. An einer Stelle unterbrach ich mich selbst, indem ich auf das Plätschern von Wasser verwies. An einer anderen Stelle strich mir Kat über die Schulter, noch ehe er sein Kompliment aussprach, antwortete er sich selbst. Ein weiteres Kompliment beschrieb mein Kleid.»

Verwirrt blinzelnd konzentrierte sie sich auf seine Worte.

«Sie verschwieg ihm, in der Garderobe an ihn gedacht zu haben. Er erkundigte sich nach dem Material des Stoffes und die beiden sprachen für einen Moment über unterschiedliche Jeans- und Seidenstoffe. Als eine weitere Frage könnte auch das Fassen ihrer Finger verstanden werden, das Heben dieser an seinen Mund und das anschließende Küssen ihrer Fingerspitzen. Eine Antwort blieb aus. Also fragte Kat durch Küsse an Hals und Ohr nach. Er gestand ihr, sich auszumalen, wie sie ohne Kleid aussähe. Er küsste sie weiter und zog sie in seine Arme», sagte Isabelle.

Brennen:

«Schließlich antwortete sie auf sein Fragen durch das Erwidern seiner Küsse. Voller Hingabe. Sie hielt ihre Gefühle zu lange zurück. Hey, sie hielt ihre Gefühle zu lange zurück! Nun würde sie ihre Gefühle ausdrücken. Nun würde sie ihren Gefühlen Ausdruck verleihen», sagte Kat.

«Manches würde sie von nun an nicht mehr zulassen», sagte Isabelle.

«Von anderem würde sie sich dafür wiederum treiben lassen», sagte Kat.

«Und wieder anderes würde sie sich endlich eingestehen», sagte Isabelle.

«Ganz genau», sagte Kat.

«Sie will, aber weiß es noch nicht», sagte er. «Sie weiß, aber will es noch nicht», sagte er. «Sie weiß, dass sie nicht will», sagte Isabelle. «Sie weiß, dass sie weiß», sagte Kat.

«Was weißt du schon?», sagte Isabelle. «Komm zieh dich aus, jetzt.»

«Auf das Abwenden seines Körpers, auf sein Zögern hin, sagte sie ihm, dass sie ihn sehen möchte», sagte Isabelle.

«Ich will dich sehen», sagte sie. Zur Antwort habe er ihr während dem Abstreifen des Hemdes in die Augen geschaut.

«Ich …»

«Zieh dich ganz aus.»

Dumpf schlug der erste Stiefel auf den staubigen Boden auf. Leise knallte dann der zweite Stiefel ins Dunkel. Still fiel die eine Socke auf die trockene Erde. Geräuschlos fiel die andere Socke in die Leere. Das helle Öffnen der Gürtelschnalle, das Schnalzen des Gurtes, das wiederholte Auftreffen von Leder auf Sand und das Auftreffen des Metalls auf das feine Geröll. Die zwei kurzen Takte, welche die nackten Füße während dem Ausziehen der Jeanshose humpelten.

«Zieh dich ganz aus.»

Die weiße Unterhose, die über der dunkelblauen Erde im Widerschein des Feuers warm aufleuchtete.

«Zieh dich ganz aus.»

Der Atem eines halbnackten Mannes. Das Knistern von Feuer.

«Zieh dich ganz aus.»

Das Aufrichten der Körperbehaarung an Armen, Beinen und Rücken. Die kleinen Erhebungen der Hautoberfläche. Der gesenkte Blick.

«Zieh dich ganz aus.»

Das Zusammenziehen des Hodensackes, das Schrumpfen des Geschlechts.

«Manchmal wünsche ich mir», sagte Isabelle, «ich sähe mich, wie ein Mann, der sich auszieht, wie eine Sonne, die hinter den Horizont tritt. Unbeholfen zwar fiele ein Kleidungsstück nach dem anderen und legte Schicht um Schicht frei, was sich für gewöhnlich dem Blick entzieht. Jeder wegfallende Lichtstrahl ließe meinem Auge einen weiteren Blick auf die Sonne zu. Schicht für Schicht käme ich der Nacktheit und damit mir selbst näher. Mehr und mehr etwas sehen, weil es sich mehr und mehr entzieht. Sehen können und nicht sehen können rückten näher und näher, fielen schließlich zusammen. Doch was sähe ich? Ein schrumpliges Männer-Geschlecht? Einen warmen Abendhimmel? Was zeigte sich mir, wenn ich mich mir zeigte? Unverschiedenes. Dass sich nichts dahinter findet, weil dahinter nur die dunkle Wüste wartet? Undurchdringliches. Dass ich mich selbst nicht sehen kann, weil – oder eher, indem ich mich sehe? Ununterschiedenes. Weil ich immer mit ansehen muss, was ich nicht sehen kann? Ich stand da.»

Isabelle stand da.

Kat stand da.

Isabelle ging auf Kat zu.

Beider Haut glühte.

Beider Haut zitterte.

Beider Münder holten keuchend Luft.

«Ihre Hände bewegten sich bereits wie von allein.»

Im Traum, sagte ein Gast

«Im Traum begegnete ich einer Freundin meiner Frau. Der Traum hatte dabei jene Dringlichkeit, dass man sich später daran erinnern muss, sich in Wirklichkeit nicht begegnet zu sein. Wir lebten, wie es häufig in Träumen geschieht, unter denselben Menschen und an denselben Orten. Die meisten Bilder speisten sich wohl aus der Erinnerung, und der Traum begnügte sich erst einmal damit, die Lücken dazwischen aufzufüllen. Da ich erst vor einem Jahr in den Ort gezogen und der Freundin und ihrem Mann nur wenige Male begegnet bin – bei einem gemeinsamen Abendessen, bei der Übertragung des Finalspiels im Pub, bei Rubidell im Café –, wurden die Erinnerungen, aus denen mein Traum schöpfen konnte, immer weniger, die Abstände zwischen ihnen wurden länger, und so legte der Traum immer deutlicher seine eigenen Bilder dazwischen. Die Umgebung blieb dieselbe, auch die Freundin meiner Frau trug weiterhin deutlich ihre Züge, doch die Umgangsformen zwischen den Menschen und auch die Architektur dieser Kleinstadt änderten sich. Man pflegte einen distanzierteren und gleichzeitig obszöneren Umgang miteinander. Gegrüßt wurde kaum, doch schliefen zwei mir unbekannte und sicher vom Traum zugereichte Menschen unter der Platane hinter der Bibliothek den Beischlaf. Passanten gingen vorbei, als säßen die beiden auf einer Parkbank und sprächen vom Alter. Und eben, sie schliefen nicht nur mit geöffnetem Hosenbund im Schatten des Baums, so dass man den Verkehr kaum sehen konnte. In diesem Traum warfen die Bäume keine Schatten. Die beiden Körper lagen nackt in jener Weise aufeinander, in welcher der Mund je auf des anderen Geschlecht gerichtet ist und diesem mit der Zunge Worte zuflüstert. Wie es nur das Träumen oder das Vorstellen vermag, spielte mir mein Traum dieses Bild ganz außerhalb meines Betrachtungspunktes und aus nächster Nähe zu, ich hatte es also deutlich und mit eigenen Augen gesehen. Was die Architektur angeht, waren die Hauswände höher und die Fenster kleiner. In jener Welt, in der man sich scheinbar der ungeheuren Distanz bewusst war, die menschliche Nähe bedeuten kann, und entweder versuchte, dieser auszuweichen oder durch noch mehr Nähe zu erhöhen, saß ich genau in diesem Pub, wie ich es auch jetzt tue, kurz bevor das Finalspiel übertragen wurde und ich von meiner Frau ihren Freundinnen und deren Männern vorgestellt wurde. Noch ehe die Blicke den Begrüßungen folgten und auch danach sahen jene Freundin meiner Frau und ich uns wiederholt in die Augen. Wir gaben uns Blicke, die man noch Monate, gar Jahre später auf sich trägt und die deshalb abermals im Schlaf aus der Brust in die Augen steigen. Von keiner gemeinsamen Erfahrung verfärbt, doch von den Umständen warm gebettet, stiegen wir durch diese Blicke für Momente in eine Liaison hinein, in ein Bündnis der sich noch nicht Kennenden, doch vielleicht deshalb so schrecklich Erkennenden. Es war jener Zustand, in welchem sich beide nur zu schenken wissen und für den die Erinnerung gewöhnlich ein einziges Bild kennt, das der Traum dann aber ausweitet. Und so stiegen wir weiter hinein, erst berührten sich unsere Blicke noch, wie es Hände tun, und schon bald aber wie sich nur Münder berühren. Wir wussten beide, dass nur Zärtlichkeit jene lange Distanz verkürzte, und tasteten uns vorsichtig voran. Ja, ich verspürte eine seltene Nähe und hatte noch am nächsten Abend Mühe, die letzten Stufen aus dem Traum hinauszusteigen», sagte ein Gast, der im Pub unter dem Fernseher an der Bar saß und beim Bier zu weiteren Gästen sprach.

«Im Traum, erzählte einmal unser Sprachlehrer in der Mittelschule», antwortete ihm eine Frau, «seien nicht zuerst die Menschen vorhanden, die dann in eine Handlung verwickelt würden, sondern sei es eher umgekehrt. Eher, weil wohl anzunehmen sei, dass wir nicht nur in bestimmten, sondern vielmehr in unbestimmten Werten träumten. Es bildeten sich also zuerst die Verhältnisse und Zusammenhänge ab und erst dann würde unser träumendes Bewusstsein den Platzhaltern darin Menschen zuordnen, solche, die wir kannten, solche, die wir nicht kannten und auch all die Chimären aus all den Menschen, die wir einmal zu Gesicht bekommen hätten. Ich habe diese Aussage nie woanders nachgelesen, aber mir leuchtet sie ein. Solcherart, dass ich mich noch heute in scharfen Bildern an die Szene erinnern kann, in der unser Sprachlehrer davon erzählte: Es war ein warmer Tag im Frühling und eine Mitschülerin öffnete das Fenster unseres Klassenzimmers. Mitten in den Ausführungen über gewisse Eigenheiten im Satzbau jener Sprache, die er uns unterrichtete, unterbrach der Lehrer seine Rede und erzählte von einem Traum, den er vor dem Aufwachen an jenem Morgen geträumt habe und in dem diese Mitschülerin im dritten Stock des Schulgebäudes auf dem gefährlich schmalen Fensterbrett gesessen sei und in einen Wald geblickt habe. Am nächsten Tag fiel aus heiterem Himmel Schnee, auch deshalb erinnere ich mich so gut daran. Wenn ich daran denke, wie dieselben Rollen, ja dieselben Figuren im Verlauf eines Traums von unterschiedlichen Menschen gespielt werden können und wenn ich daran denke, wie weckende Geräusche aus der Umgebung einer schlafenden Person im Traum vorweggenommen werden, nämlich allein dadurch, dass wir uns im Aufwachen erinnern, sie geträumt zu haben, dabei aber die Erinnerung zum Traum wird, wir also bloß in der Erinnerung träumten oder anders, der Traum nahtlos ins darauf folgende Ungeträumte übergeht, wobei er es versteht, das Nichtgeträumte zu Geträumtem werden zu lassen, dann scheinen mir seine Ausführungen einzuleuchten. Als ich vor einiger Zeit in der Großstadt lebte, musste ich öfter daran denken. Nur in unregelmäßigen Abständen erwerbstätig war Zeit meine Währung. Ich gab sie für ausgedehnte Spaziergänge aus, auf denen ich nach und nach Gesichter wiedererkannte. Vielleicht war ich ihnen tatsächlich bereits begegnet, doch wurden es mit jeder Woche mehr, bis es so viele an der Zahl waren, dass es in einer Millionenstadt schlicht unmöglich war, all diesen Menschen bereits einmal über den Weg gelaufen zu sein. Ich konnte gar nicht mehr die Wohnung verlassen, ohne dass ich mindestens einem Dutzend bekannter Gesichter begegnete. In der Untergrundbahn, im Bus, in den Cafés und Imbissrestaurants, in den Bars und im Kino. Nirgends konnte ich unter Unbekannten gehen. Natürlich erkannte mich andersherum niemand, sie ließen es sich jedenfalls nicht anmerken. Nachdem ich mich für zwei Wochen zu Hause eingesperrt hatte und nur für die allernötigsten Einkäufe hinausgegangen war, fasste ich den Entschluss, mich diesen unbeabsichtigten Zudringlichkeiten der Passanten zu stellen. Ich würde auch bald wieder eine Arbeit suchen müssen. Ich stieß also die schwere Tür des Wohngebäudes auf – der Wind blies mir kalten Wind und Laub entgegen –, ging mit gesenktem Blick zwischen den Häuserreihen hindurch und suchte die nächste Bar auf. Bereits beim Betreten sah ich ein bekanntes Gesicht, neben das ich mich sogleich in sicherem Abstand hinsetzte. Ich fing an, den Kopf eindringlich zu studieren. Der unregelmäßige Haaransatz, die spitzen Ohrläppchen, die wulstigen Nasenflügel. Mich hinter einer Zeitung zu verstecken, schien mir zu auffällig, das kennt man aus den Filmen, also tat ich so, als würde ich die Sehstärke meiner Brille mit der Sehstärke des Trinkglases vergleichen. In einem Zug leerte ich mein Getränk, hob es auf und kippte es mit der Öffnung gegen mein Auge. Zwar hatte ich das Flüssige darin ausgetrunken, doch vergaß ich den Schaum, der nun langsam aus dem Glas in mein rechtes Auge glitt. Um keine auffällig hastigen Bewegungen zu machen, ließ ich es geschehen, was rückblickend wohl einiges auffälliger war. Ich wurde von allen Seiten angestarrt und man schien sich schnell sein Urteil gebildet zu haben. Diese junge Frau hat sich bereits am frühen Nachmittag einen Rausch angetrunken. Doch gut, nun konnte ich ungestört zurückstarren und also weiter das Gesicht mustern. Verbissen suchte ich nach Besonderheiten oder besonders Gewöhnlichem, nach einem Mal, nach Zügen im Gesicht, die mir entweder verrieten, woher ich diese Person kannte oder an wen sie mich erinnerte, wem sie da draußen aufs Haar glich, zumindest fast, denn die Haare waren es nicht, wie ich schnell feststellen musste. Solche Haare hatte noch mancher, noch manches Haar wurde so geschnitten, gepflegt und in genau dieser Farbe vor meine Augen getragen. Vielleicht war es die Stirn? Auch diese hatte ich bereits zigfach in solcher oder ähnlicher Ausführung beobachtet: Über der Augenpartie sitzt sie satt und steigt genauso munter und breitbeinig einige Faltenintervalle hoch, bis sie sich dann aber abrupt verflüchtigt. Unter den Scheitel flüchtet sie und lässt sich von den Haaren schützen. Ich suchte weiter. Waren es vielleicht die Wangenknochen, die Schläfen? Oder waren es all jene Bereiche des Gesichts, für die ich keine Namen weiß?

Bei diesem Gedanken fühlte ich mich ertappt, das würde mir natürlich entsprochen haben, dass es die Übergänge sind. Mein Gegenüber schien nicht wohl in der Rolle des Beobachteten und erhob sich von seinem Platz. Ich spielte wieder mit den Gläsern, da setzte er sich, den Rücken gegen mich gerichtet. Nachdem ich das Lokal verlassen hatte und eine Handvoll weiterer Menschen wiedererkannte, fiel es mir wie ein Sprichwort von den Augen: In einer Kleinstadt aufgewachsen, hatte ich mich davor nie in ein solches Meer aus fremden Gesichtern begeben und so reagierte mein Gedächtnis äußerst angeregt, es erkannte wieder und machte also jenen Schritt, den ich mir selbst nicht zutraute. Es war eben genau dieser Umstand, dass ich all diese Haaransätze und Nasenrücken, Schulterblätter, Volumen, Proportionen, und wie sich alles bewegte, dass ich das alles schon kannte. Wie einzigartig wir auch alle sind, genau das war es, was ich nicht erkennen konnte. Ihr könnt euch also vorstellen, was für ein Gefühl aus Scham, Entlastung und Mut in mir aufstieg. Ich verließ die Stadt», sagte sie.

«Das erinnert mich an einen Traum, den ich kürzlich träumte», sagte eine andere.

«Im Traum konnte meine kleine Tochter anhand meiner Gesichtsausdrücke sehen, was ich sah. Sie wusste natürlich nicht, was ich dachte, aber vom Betrachten der Pupillen, Brauen und Lidschläge, vom Lesen meiner Züge wusste sie, was ich sah und konnte es nachzeichnen. Natürlich blieben es Kinderzeichnungen, doch sahen sie, was den Gegenstand und die allgemeine Komposition betrifft, dem Gesehenen verblüffend ähnlich.»

«Im Traum», sprach ein junger Mann, der etwas weiter hinten am Tresen saß und nicht eigentlich der Gruppe angehörte, vom Zuhören aber Zugehörigkeit verspürt haben musste, «nahm ich an einem Wettbewerb teil. Bitte entschuldigt, wenn es gleich etwas, ja, unappetitlich wird. Aber weil wir gerade bei Kindern sind und es, ja, gewissermaßen ein Fäkaltraum war – sagt man denn nicht auch, dass man, will man später seine Träume deuten können, sie erst einmal so ungefiltert wie möglich niederschreiben oder eben erzählen müsse? Ja, dass man sich keine Scheuklappen aufsetzen solle, wenn man sie mit Worten nachbauen wolle, und dann, ja, auch nach jenen Begriffen greifen müsse, welche, nun ja, die Sache am genauesten beschrieben? Und ich sehe, dass wir hier ja bereits ein gewisses Vertrauen aufgebaut haben durch das Erzählen unserer Träume und durch das Lauschen des Erzählten. So vertraut sind wir, dass ich mir, nun ja, wünschen würde, hier öfters in dieser Menschenkonstellation beim Bier zu sitzen und mich auszutauschen. Aber es wird wohl so sein, wie es der Volksmund, nun ja, nicht spricht, aber bestimmt weiß, wenn er vom Fallen der Feste redet. Und, nun ja, was ist eine zärtliche Diskussion nichts anderes als, naja, ein Fest? Also liegt sicher viel Süßes gerade darin, dass wir wieder auseinandergehen werden. Wie ihr seht, habe ich bereits meine Fernfahrermütze vom Kopf gehoben und auf die Bar gelegt. Auch das, ja, ein Zeichen, unter Vertrauten zu sprechen. Ich will euch also vom Traum erzählen», sagte der Mann.

«Im Traum wachte ich am frühen Morgen auf. Der Schnee spielte seit Tagen das Spiel der Gerechten und legte wie ein Buddha oder eine Justizia seine Flocken über alles, aber wirklich alles. Schichtweise Gerechtigkeit trug er auf. So viel, dass auch der fetteste Spekulant nicht zur

Börse gefahren werden konnte. So voll Schnee waren die Straßen, dass sie nicht einmal geschnäuzt werden konnten. Gewöhnlich trieb mir solcher Niederschlag eine kleine Freude in die Brust. Nicht nur über das feine Gemälde, das einem die Natur malt. In solchen Verhältnissen kann ich meiner Arbeit nicht nachgehen und bekomme also einen geschenkten Feiertag. Doch an diesem Tag wurde ich darüber ganz nervös. Ich hatte an einem Turnier teilzunehmen und musste mich schnellstmöglich in die Arena begeben. Wie ich im Zimmer meine Möglichkeiten abschritt, wurde mir bewusst, dass ich eigentlich gar keine Möglichkeiten hatte, und blieb also stehen. Ich zog mir den Wintermantel vom Ständer über mein Nachthemd und öffnete das Fenster. Da fiel der gerechte Schnee auch schon auf den Holzboden. Ich zog die Stiefel an und stieg aus dem Fenster. Vom zweiten Stock war es nur ein Absatz und schon ging ich auf dem Schnee. Es ging sich wie auf Betten, leicht sank ich ein, federte, auf Dauer wurde es anstrengend, aber ich kam voran. Über den Dächern leuchtete es in den Himmel. Das war die Arena. Schon saß ich in der Umkleide und wartete auf meinen Einsatz. Draußen wurden die Wettkämpfer angefeuert. Wellen aus Zurufen, Sprechchöre peitschten sie zur Hochform. Ein Funktionär – er hatte eine Nase wie ein Aprikosenkern und trug darüber eine feine Brille – kam in die Umkleide: Jetzt sei ich an der Reihe. Ich stieg in die Arena, geblendet vom Scheinwerferlicht sah ich keinen einzigen Menschen, aber vom Hören wusste ich, dass es die ganze Stadt sein musste. Ich zog meine Hose aus, die Unterhose, ging in die Hocke und begann, mein Geschäft zu verrichten. Hinter mir war eine große Anzeige, die Zeigernadel drehte sich, doch ich durfte nicht hinschauen. Ich schiss auf eine Waage und die Nadel musste so grammgenau wie möglich an die Ziffer Zweihundertzweiundzwanzig herankommen. Wer am genauesten stuhlen konnte, gewann», sagte der Mann und die junge Frau, die eben noch von den Gesichtern sprach, entgegnete ihm, indem sie in die Runde sprach: «Mir scheint überhaupt, dass der Magen das fürs Träumen zuständige Organ ist. Meine Träume sind ganz und gar davon bestimmt, was ich gegessen habe, wenn ich auch nicht vom Gegessenen träume. Ich meine mehr die Intensität.» Da sagte ein Mann, der bis zu diesem Zeitpunkt noch nicht zu Wort gekommen war:

«Im Traum geht es mir mit der Intensität manchmal solchermaßen durch, dass ich gar nichts mehr sehe, das Träumen übersteigt alles Bildhafte und ich träume nur; ich träume mich weg. Dieses bilderlose Träumen muss dabei nicht auf Träume folgen, die so räumlich und voll sind und nicht als Träume erlebt werden, sondern als wirklich erscheinen. Im Gegenteil übersteigen sie das Wirkliche nicht. Sie stehen in keinem Wettbewerb dazu.»

Eine etwas ältere Frau ergriff das Wort:

«Von wegen den Träumen und der Wirklichkeit: Im Traum ging ich durch eine Bücherei. Ihr kennt sicher diese List, die man dem Traum stellt, wenn das Bewusstsein aus heiterem Himmel in den Traum kracht und vom ganzen Lärm, den es dabei macht, der Zweifel aufsteigt und man sich fragt, ob alles nur ein Traum sei. Sie liegt bekanntlich darin, in diesem Moment im Traum ein Buch aufzuschlagen und zu lesen. Am besten ein Buch, das man kennt. Fängt man zu lesen an, begreift man schon nach der Titelei und dem ersten Satz, dass man träumt, weil der Traum einem keine Weltliteratur vorlesen kann. Jener Traum von damals war genau von der Sorte, wo sich die Sinneseindrücke, die Gefühlsregungen, wo sich alles ‹echt› anfühlt. Eine Kleinigkeit ließ mich aber stutzig werden. Nämlich diese Frau, die zur Straßenbahn lief. Nicht, weil es hier in unserer Kleinstadt keine Straßenbahn gibt, sowas denkt man im Traum ja nicht, sondern die Art, wie ihre Brieftasche zu Boden fiel. Ich beobachtete sie durch das Fenster der Bücherei und wollte ihr schon nachrufen. Doch genau in dem Moment bemerkte sie ihren Verlust, machte auf der Stelle Halt, drehte sich auf ihren Schuhspitzen um, lief zurück, hob die Brieftasche auf, drehte sich erneut um und eilte zur Bahn, die sie gerade noch erreichte. Sie folgte in ihren Bewegungen exakt meinen Gedanken. Dieser Rhythmus und dass sie die Bahn doch noch erreichte, da war etwas faul – Doch war ich nicht von Büchern umgeben? Ich griff also nach dem erstbesten Titel. Ganz zufällig kannte ich das Buch. Ich schlug es auf, ja, der Titel stimmte und auch als ich zu lesen anfing, kamen mir die Sätze bekannt vor. Ich las einige Passagen. Natürlich fiel das Lesen schwer, aber schließlich las ich Philosophie. Das Buch handelte von Gemeinschaft, Gesellschaft und von der Stimme. Ich las und las und konnte aus dem Gelesenen durchaus meine Schlüsse ziehen. Da war auf den ersten Seiten viel von Mitteilung und Interpretation die Rede. Es sei ein spannendes, ja ein wichtiges Buch, war ich mir sicher. Das müsse ich unbedingt bei Gelegenheit wieder lesen, sagte ich zu mir. Oder warum nicht hier? Ich hätte die Zeit gehabt. Und doch: Woher wusste ich, dass die Sätze, die ich las, nicht einfach vom träumenden Bewusstsein vorgegaukelt wurden? Ich konnte die Zeilen ja nicht vergleichen. Lieber ein weiteres Buch aufschlagen, einen Klassiker, einen, den ich in der Schule lesen musste. Da erinnere ich mich und erkenne falsche Sätze. Doch wenn ich mich an die Sätze erinnere, würde ich sie dann nicht bereits richtig lesen? Ich stellte das Buch zurück ins Gestell und suchte nach einem schweren Band, ah, da war er ja schon. Kurz darauf war ich mitten im Geschehen. Keine Frage, ich war bereits als Jugendliche hin und weg von dieser Geschichte. Diese Anmut, mit der die Wörter darin ihre Figuren zeichneten, hatte ich selten woanders so lesen dürfen. Diese glanzvollen Feinheiten der Sprache schüttelten, wie ich zwischen den Regalen stand, meine Kniescheiben durch, dass ich mich gleich hinsetzen musste. Zum Glück stand ein Chesterfield-Sessel bereit, als meine Beine wegschmolzen. Mit jedem Satz zog es mich weiter in diese warme Wanne, die so voll von gegenseitigen Zuneigungen war. Der arme Held! War er doch der Einzige in dieser trostlosen Welt, der Gottes Wort nicht nur in der Kirche aus der Bibel las, sondern der es sich wie eine Erkältungssalbe in die Brust rieb, die es ihm also öffnete, dass der Sinn, den die Worte umhüllen, direkt in sein Herz gelangen konnte. Und wie all die fiesen Menschen um ihn herum, die doch die eigentlichen Idioten waren, ihm nur Schmähungen und Schimpfwörter an den Rücken warfen, anstelle sich an ihm ein Beispiel zu nehmen. Er war in ihren Augen naiv und viel zu gutgläubig. Als wäre guter Glaube nicht harte, ehrliche Arbeit! Pfui! Und erst die Frau, die ihm mit ihren schönen Beinen Avancen machte, bloß weil der gute Mensch zu finanziellem Reichtum gekommen war. Die dann aber mit diesem anderen Taugenichts im Bett und also in der Heirat landete. Man kann sich die Umstände nicht aussuchen, in die man hineingeworfen wird, aber folgt man dem Weg des Schöpfers, so wird man später für all das Leid, das man ertragen musste, belohnt. So geschah es auch dem Held. Wie schön war es, tief im Sessel sitzen und das bunte Finale lesen zu dürfen! Der Tag hatte sich draußen schon lange hingelegt, in der Bücherei brannte Licht und ich durfte den Schluss dieses zärtlichen Buches lesen. Ein heftiges Gewitter brach herein und trieb einen Keil in die verlogene Gesellschaft, in welcher der arme Held leben musste. Hier die, die Gottes Wort folgten, dort jene, die es verwarfen. Natürlich stand der Held ganz allein da, sogar der Priester stand bei den Verwerfern. Wen wundert's? Mir hatte der auch schon unter den Rock gegriffen. Und wie sie vor Kälte und Angst schlotterten und heulten, die Verwerfer, auf ihrem Bergabsatz, der mit jedem Blitzschlag weniger wurde. Recht geschah denen, die des Rechts bedurften. Erst recht jenen, die glaubten, sich einen sicheren Platz in der Mitte dieses abgeschlagenen Bergzipfels ergattern zu können, indem sie einen Mitmenschen oder zwei in die Tiefe schubsten. Die wurden gleich vom Blitz geröstet, ha! Das waren auch dieselben, die dem Helden immer solche Schmierereien und Verleumdungen an den Karren strichen. Weg mit ihnen, weg! Platz da! Aber der Schöpfer war noch lange nicht fertig mit den Räumungsarbeiten. Richtig gut wurde es, als die Verwerfer den Helden entdeckten, als sie entdeckten, dass er allein auf einer feinen, saftigen Grasmatte stand, umgeben von Aprilglöckchen. Da stiegen sie übereinander her, rissen sich an den Haaren, nur um zu ihm hinüber zu gelangen. Da wurde es erst richtig bunt. In den Wolken ging ein Fenster auf, ein Engelchen flog hinaus. Es hatte krauses Haar und fein ziselierte Flügelchen. Alle blieben für einen Augenblick stumm, so schön war das Engelchen, dass es nicht eines guten Menschen bedurfte, um seine Schönheit zu erkennen. Es flog zum Helden hinunter, reichte ihm seine kleine Hand und zog ihn hinter sich her in die Wolken. Wo es vorbeigeflogen war, wurden die Luftmassen schweflig und heiß. Und heißer. So heiß, dass just in dem Moment, wo das liebe Engelchen mit dem aufrichtigen Helden durchs Fenster in die Wolken stieg, unten auf der Erde all die fiesen Blutsauger verkochten. Schön langsam, ja, das wurde im Buch noch ganze zehn Seiten lang beschrieben, bevor ich den Deckel zuklappte und es an meine Brust drückte. Es war also kein Traum. Ich konnte in den Büchern lesen!, dachte ich mit meinem schönsten Lächeln, mir ausmalend, wie ich, anstelle der dummen Gans, die Richtige gewesen wäre für den Helden, dann hätten auch all die Menschen nicht gekocht werden müssen. Wiederum hatten sie es ja verdient. Ja, ich schwelgte vor mich hin. Dann bemerkte ich, dass ich ja alles ganz ohne Lesebrille gelesen hatte. Und erst noch achthundertsiebzig Seiten an einem einzigen Nachmittag!»

Nicht: Liebe

Kat ging am Pub vorbei zum Blumengeschäft, vor dem die junge Floristin eilig ihre Zigarette zu Ende rauchte. Er sei nicht hier, um Blumen zu kaufen, Wildrosen habe er bereits gepflückt, sagte er, sie solle sich ruhig noch eine anstecken. Neben der Kasse fand er den Drehständer mit Glückwunsch- und Kondolenzkarten. «Er suchte nach einer Karte für Isabelle, nach einem Satz, der ihm helfen würde, ihr seine Gefühle mitzuteilen.» Er las die Aphorismen durch, die meist mit Landschaftsaufnahmen und figürlichen Zeichnungen hinterlegt waren. Viele Sätze begannen mit «Liebe ist ...», «Liebe ist ein warmes Bad an einem verregneten Sonntag», «Wenn der andere weg ist, an seinem Kopfkissen riechen», «Liebe ist das Teilen der Unmöglichkeit, ungeteilt zu sein», «Sie ist geteilte Teilung», «Liebe ist das Auffüllen der eigenen Leere mit der Leere des anderen», «Liebe ist die Gabe, die jedes Geben übersteigt», «Das Unerschöpfliche ausschöpfen», «Aufgabe der Selbstaufgabe», «Die Forderung, keine Forderungen zu stellen», «Die Mitte ohne Zentrum», «Das uferlose Ende», «Ein gelber Stern auf rotem Grund», «Bedingungsloses Vertrauen in sein Vaterland», «Liebe ist die Feier der Undurchdringlichkeit des Seins», «Liebe ich etwas oder jemanden?», «Liebe ist nicht das Schließen, sie ist das Öffnen der Bruchstelle seiner selbst», «Die Belohnung, die sich nicht auszahlt», «Ertrag des Ertraglosen», «Sie zu benennen ist Verrat», «Nein, sie zu verschweigen ist Verrat», «Was wird benannt, wird sie genannt?», «Unsichtbarkeit des Sichtbaren», «Mehr Licht», «Mehr Dunkel», «Wägen des Unwägbaren», «Zugefallen», «Gewollt», «Wunschdenken», «Naturgesetz», «Selbsttäuschung», «Einbildung», «Irrglaube», «Die bestmögliche Annäherung an die weitestmögliche Ferne», «Mythos», «Das Bejahen der Unversöhnlichkeit mit den Zuständen und etwas Hingabe auch», «Das Festhalten am Unfassbaren», «Das Bewirtschaften des Vergänglichen», «Das Bewohnen des Losgelösten», «Das ständige Wiedereintreten in die Zurückweisung», «Ein Gasthaus ohne Haus oder Gäste», «Abgesang auf die Unwandelbarkeit des Menschen», «Das

Begehen der Weite», «Handel mit dem Unwissenden», «Austausch des Austauschbaren und Verborgenen», «Das vermeintliche Auslagern des Wissens um die Unüberwindbarkeit des Todes durch die Sorge um den Anderen», «Der glitzernde Faden im stillen Wind eines vergessenen Gedankens», «Das Schmelzen der Ziegelsteine im Brustkorb deiner Erinnerung», «Lichtmessrosa leuchtendes Wasser im Bernsteinbecher», «Ein lauwarmes Gerücht im lockeren Frühsommerregen», «Das Auskugeln der Schulter neben einem Maulbeerbaum», «Nein, auf dem feinen Tanzparkett unter dem schrillen Lüster», «Zweierlei Paar angelaufener Manschettenknöpfe».

Kat drehte den Ständer. Auch die nächste Seite war voller Karten, die den Farben und Schriftformen nach ebenfalls von Liebe sprachen. Er drehte noch etwas weiter, da kamen bereits die Kondolenzschreiben. Von der Untröstlichkeit des Trostes war unter anderem die Rede. Sicher, er könnte ihr einerseits kondolieren und andererseits dabei gleichzeitig auch seiner Liebe Nachdruck verleihen, dachte Kat. Aber er schien sich dafür zu entscheiden, es erst einmal bei der Offenlegung seiner Gefühle zu bewenden und griff nach einer Karte, die mit einer kontrastreichen Farbkomposition aus der Menge sonst schon bunter Karten herausstach.

Mir ist Unrecht widerfahren.

Das heißt, mir wurde Unrecht angetan. Zu Unrecht wurde ich in Handlungen verstrickt. Ich wurde unrechtens Teil einer Reihe von Handlungen. Handlungen, die sich letzten Endes gegen mich richteten. Mir wurde eine Reihe von Handlungen zuteil, zu Unrecht, Handlungen, die sich letzten Endes gegen mich richteten. Letzten Endes richtete sich eine Reihe von Handlungen gegen mich, Handlungen, in die ich – ohne mein Wissen und zu Unrecht – einbezogen wurde und die mir entsprechend zuteil wurden. Denn sie wurden mir später vorgelegt. Denn sie wurden mir später vorgeworfen. Erst später wurde mir die Wahl überlassen, ob ich letzten Endes Teil dieser Handlungen gewesen sein wollte. Als könne man Teil einer Handlung sein. Als könne man nicht Teil einer Handlung sein. Das heißt, ich wurde vor die Wahl gestellt, ob ich letzten Endes teilgenommen haben wollte. Das heißt, ob ich den mir zuteil gewordenen Teil gehabt haben wollte. Letzten Endes wurde ich vor die Wahl gestellt, ob ich Teilnehmer und damit Teilhaber einer Reihe von Handlungen gewesen sein wollte, Handlungen, die bereits ohne mein Wissen und Zutun geschehen waren und die sich letzten Endes gegen mich richteten. Mir wurde also keine Wahl gelassen. Ich wurde vor die Wahl gestellt. Teilgenommen zu haben, einen Teil genommen zu haben. Das heißt, mir wurde die Wahl gelassen, ob ich an einer Reihe von Handlungen teilgenommen haben wollte, Handlungen, die sich letzten Endes gegen mich gerichtet haben. Hatten, denn sie waren geschehen. Ohne mein Zutun hatte sich eine Reihe von Handlungen gegen mich gerichtet, Handlungen, in die ich später involviert sein würde – ohne mein Wissen und gegen meinen Willen. Denn ich hatte keine Wahl. Ich wurde vor die Wahl gestellt.

Doch dafür trage ich keine Schuld. Ich nehme die Schuld nicht auf mich, die mir zuteil wurde, indem ich letzten Endes Ziel einer Reihe von gegen mich gerichteten Handlungen geworden bin. Oder wurde. Oder war. Denn eine Handlung kann einem eben *nicht* zuteil werden. *Doch!*, sie kann. Aber es gibt keine Teile einer Handlung, zumindest keine, die man besitzen könnte. Doch, gibt es. Es gibt nur Teilhabe. Mir aber wurde zuteil. Das heißt: Mir wurde Unrecht angetan. Doch ich nehme die Last des Schuldigen nicht auf mich. Nicht ich bin der Schuldige, und fände ich mich mit meinem Unrecht ab, käme mir dieses zuteil. Mir käme das Unrecht zuteil, das mir angetan wurde. Indem mir das Unrecht zuteil käme, gäbe es einen Schuldigen. Doch ich nenne keinen Schuldigen. Das heißt: Ich nehme die Schuld nicht auf mich, einen Schuldigen zu nennen. Ich werde mich nicht dessen schuldig machen, einen Schuldigen gemacht zu haben. Dafür trage ich keine Schuld. Die Schuld des Schuldigen nehme ich nicht auf mich. Denn *ich* bin es, dem ein Unrecht widerfuhr. *Mir* wurde Unrecht angetan. Ohne mein Zutun und ohne mein Wissen wurde *ich* unrecht. Ich wurde Teil eines Unrechts. Ich wurde Teil des Unrechts. Zu unrecht wurde *mir* Unrecht angetan und dafür trage nicht *ich* die Schuld. *Ich* trage *keine* Schuld.

Ich habe keine Wahl.

Also muss ich handeln. Ich handle, da mir keine Wahl bleibt. Weil ich keine Wahl habe, handle ich. Mir bleibt keine Wahl. Ich habe keine Wahl. Deshalb muss ich handeln. Deshalb werde ich gleich handeln. Ich handle noch nicht jetzt, aber jetzt gleich. Nicht weil ich noch rede, handle ich erst jetzt gleich und noch nicht jetzt, sondern weil ich für Momente dachte, eine Wahl zu haben. Doch das habe ich nicht. Ich habe keine Wahl. Also muss ich handeln. Also werde ich handeln. Ich werde gleich handeln, weil mir keine andere Wahl bleibt. Ich hätte schon eine Wahl. Aber ich habe keine *andere* Wahl. Weil ich keine andere Wahl habe, nur diese Wahl hier: zu handeln, handle ich. Ich werde gleich handeln –, denn mir bleibt keine Wahl.

Ich handle gegen das Unrecht, das mir widerfahren ist. Es ist mir widerfahren, da ich keinen Schuldigen nennen will. Ich will keinen Schuldigen nennen, um mich nicht in seiner Schuld zum Mitschuldigen zu machen. Das Nennen des Schuldigen würde mich zum Mitschuldigen machen. Und das will ich nicht. Also handle ich. Ich handle hiermit gegen das Unrecht, das mir widerfuhr, indem ich den Schuldigen nicht nenne, jenen, der mir das angetan hat, nenne ich nicht, um gegen das Unrecht zu handeln, das er mir angetan hat. Ich werde ihn nicht beim Namen nennen. Einen Namen trägt er nicht. Er trägt nur die Schuld. Und diese will ich nicht. Davon will ich nichts. Es ist Unrecht geschehen. Mir wurde Unrecht angetan. Mir ist Unrecht widerfahren. Und davon will ich berichten. Dagegen will ich handeln. Ich handle gegen das Unrecht, das mir widerfuhr:

Noch im frühen Morgengrauen wurden wir in die Reben geschickt. Wir wurden, wie an jedem gewöhnlichen Arbeits- und Feiertag, im frühen Morgengrauen in die Reben geschickt. Nicht jeder Tag beginnt mit demselben Morgengrauen, aber jeden Tag werden wir noch vor dem

Tag in die Reben geschickt. Bei jedem Wetter steigen wir. Dazu steigen wir vorher in unsere Kleider. In unseren Arbeitsrock. Dieser schützt uns vor Wind und Wetter. Nein, eigentlich schützt er nur vor Kälte und Regen. Vor Hitze schützt er nicht, im Gegenteil. Und im Sommer ist es heiß. Doch muss er nicht vor Hitze schützen. Das heißt, er dürfte uns schon auch vor Hitze schützen, aber für die Familie braucht er das nicht, nicht für den Gutsbesitzer. Für ihn muss er uns nur vor dem Gift schützen, das wir im Sommer über die Reben spritzen. Das Gift, das wir auf dem Gipfel des Rebberges anrühren und über Wasserschläuche in den Berg tragen und über die Rebstöcke verteilen. Das Gift, mit dem wir sie besprühen, nachdem sie knospten und bevor sie satte, reife Trauben tragen. Das Gift, das wie Regen auf die Blätter fällt und auf das Holz fällt und auf den Boden fällt, wo es Gift sein und also töten kann. Es müsste jedoch nicht wie Regen fallen. Es könnte auch wie Staub oder Schnee hinunter flocken. Aber Regen fällt besser. Der Regen verteilt sich besser. Das Gift tötet nicht die Reben. Das hat uns der Gutsbesitzer gesagt. Und das stimmt. Das sehen wir. Denn Gift ist nicht für alle Gift. Nie ist Gift für alle Gift. Für einen Stein ist ein anderes Gift Gift als vielleicht für einen Baum oder eine Zikade oder ein Kleinkind. Ich glaube, das Gift, das wir sprühen, ist eher weniger Gift für die Zikaden, die Bäume oder Steine. Es sei Gift für die Käfer, sagte auch der Gutsbesitzer, der verstorbene, der aber nicht am Gift Verstorbene, wobei, ich weiß ja nicht, woran er gestorben ist, und an etwas stirbt man immer, aber ich glaube, nicht am Gift, das ist für die Käfer und die Käfer sind kleiner als Zikaden. Für die kleinen Käfer ist das Gift, sie müssen sterben, sollen nicht den Wein essen, bevor er Wein wird. Und die Zikaden, die sind größer, die singen ja auch, wenn wir nach einem Tag fertig sind mit dem Gift. Wäre das Gift für sie, würden sie kaum so schön singen. Und gegen dieses Gift ist für den Gutsbesitzer unser Rock gedacht, der an die Stiefel genäht ist und ordentlich eingewachst wurde. Besonders an den Nähten wurde gut gewachst und daher ist der Rock kaum gegen die Hitze, denn diese dringt nicht durch Nähte ein, im Gegenteil, Hitze will doch immerzu durch Nähte hinaus. Aber das Gift schon. Das will hinein. Obschon es nicht gegen uns gedacht ist, dringt es durch die Naht zu uns. Und wenn es eindringt, dann macht es eigentlich nichts. Vielleicht läuft es einem wie Pisse in die Unterkleider oder direkt der nackten Haut entlang in die Stiefel. Weil, das Wasser ist schon früh warm, so heiß ist es im Sommer. Doch bereits vor dem nächsten Tag, also noch vor dem *Vor dem Tagesanbruch …* des nächsten Tages, da macht das Gift etwas. Auch wenn es nicht gegen uns gedacht ist, sondern gegen die Käfer und die Würmer, die den Wein essen wollen – und was wollen wir überhaupt den Wein essen, wo wir doch eigenen Wein haben, der hier erst noch besser wächst und erst noch gebrannt ist und keine Trauben braucht, nur die Herzen eines Spargelgewächs –, macht uns das Gift etwas. Erst juckt es lächerlich. Dann sticht es fies. Und dann brennt es wie unser Wein – nur nicht auf der Zunge, dafür tagelang und höllisch. Deshalb steigen wir jeden Tag in den Rock, auch wenn er nicht vor der Hitze schützt. Weil, der Schweiß juckt vielleicht lächerlich, aber er sticht nicht so fies und schon gar nicht brennt er. Doch will ich nicht vom Gift sprechen. Ich will handeln. Gegen den, der mir Unrecht tat:

Als wir also noch vor dem Morgengrauen in unsere Arbeitskleider stiegen, aus dem Schopf die Säcke holten und diese durch das dürre Gras an den Fuß des Weinberges und von dort durch diesen hinauf auf den Gipfel und zu den Bottichen buckelten, mit den stumpfen Messern, die wir von der Familie mit den Kleidern und der übrigen, klapprigen Ausrüstung bereitgestellt kriegten, die Säcke aufschnitten und ihren Inhalt in die Bottiche zu dem Wasser leerten, diesem beimischten, mit einem Stück Holz dieses umrührten, bis sich der Inhalt darin auflöste, bis Flüssiges und Festes nicht mehr auseinanderzuhalten war und wir die Bottiche mit den eingepackten Wagenrädern als Deckel verschlossen, um das Flüssige vor dem Verdunsten zu schützen, und durch einen freigelassenen Spalt in den Speichen der verpackten Räder Schläuche in die Flüssigkeit führten und die ihrerseits auf richtigen Rädern aufgerollten Schläuche vorsichtig vom Gipfel hinunter in den Berg trugen, als wir zwei, drei Mal innehielten, weil einer hinfiel oder eine sich an einer besonders steilen Stelle verhob, als wir – inzwischen wurde es langsam Tag – dann die ersten, also obersten Reben erreichten und dann einer von uns – meist war es der Erfahrendste, der dafür bis zu diesem Zeitpunkt weniger Last stemmen musste – nach den Enden der Schläuche griff, tief Luft holte, also andauernd und langsam ein- und ausatmete, um dann genau so langsam und noch ausdauernder, doch dieses Mal nicht aus der Luft heraus, sondern aus einem der Schläuche heraus, ein weiteres Mal einzuatmen, das heißt, aus dem Schlauch heraus Luft holte, bis das Gift ansetzte, das heißt, den ersten Bogen des über dem mit dem Wagenrad verschlossenen Bottich gekrümmten Schlauches überwand und von dort hinunterschoss, gegen den Mund des Einatmenden, bis dieser noch gerade rechtzeitig ihn vom Schlauch lösen und die Flüssigkeit, das Gift, ihm nicht in die Kehle, sondern nur Spritzer davon auf die Stiefel und der Rest in einem Schwall auf die Reben donnerte, indem er den Schlauch den weiteren, jüngeren und stärkeren Trägern, also uns, überreichte und wir diesen insgesamt geschickt und dennoch immer wieder wider die Kraft der durch den nun schweren Schlauch fließenden Flüssigkeit eher ungeschickt, wellenförmig, durch die Reben führten und damit ebendiese Flüssigkeit regelmäßig über die Reben regnen ließen, als wir auf diese Art und in dieser Weise durch die Reben und an den kleinen Wasserträgern vorbeistiegen – die noch ganz jungen Frauen und Männer, die eimerweise Wasser durch den Berg trugen, um unsere, aber auch andere Bottiche aufzufüllen, da, wo es keine Leitungen gab, um später, wenn sie nicht unter ihrer täglichen Last einbrachen, was nicht selten vorkam, einfache Weinbauarbeiter zu werden wie wir –, als wir einen ihrer Verbindungspfade überquerten und weiter durch den Berg stiegen, als ich einen Wasserträger fluchen hörte, sah ich in der Ferne das Aufleuchten der Tür des Transporters des Beschuldigten durch die Reflexionen der aufgehenden Sonne, worauf ich den Beschuldigten aus dem Wagen steigen und kurze Zeit später – wir waren inzwischen eine Reihe höhergestiegen – ein Pferd in den Anhänger führen sah, ein Bild, das ich wiederum kurz darauf, nachdem ich auf dem leichten Geröll etwas abrutschte, den Gerüchten zuteilte, die bereits seit einigen Tagen unter den Arbeitern die Runde machten und sich später am Tag bestätigten, als der Beschuldigte – seinerseits sicher über unser Auftauchen, an jener Stelle des Weinbergs aber überrascht, tatsächlich waren wir in der vorangegangenen Woche auf der anderen Seite des Hügels entgegen unserer aller Erwartungen so gut mit den Arbeiten vorangekommen, dass auch wir uns noch vor Tagen an jenem Tag nicht an jenem Ort gewähnt hätten – uns in einer kurzen Rast aufwartete und uns allen mit der Aufkündigung unseres Arbeitsverhältnisses drohte, als er von unseren Familien sprach, unseren Kindern, und davon redete, an diese zu denken, als er sagte, nicht selbstgefällig zu sein oder selbstbezogen, als er sagte, dies alles läge in unserer Hand, in unseren Mündern, in unserem Handeln, es läge an uns, ihn nicht dazu zu nötigen, und als er dabei von der Not sprach in einer Weise, dass nicht wenige von uns ‹Tod› verstanden, als er vom Tod sprach in einer Weise, dass nicht wenige von uns ‹Wort› verstanden, als er uns Tagelöhnern unmissverständlich zu verstehen gab, nichts weiter als solche zu sein – als könnten wir überhaupt eine Anstellung verlieren, als läge uns überhaupt etwas an der Richtigstellung der Tatsachen, als käme uns darüber überhaupt in irgendeiner Weise ein Vorteil zu – und mit dem Ausstrecken seines rechten Zeigefingers, einem allgemeinen, derben Ausspruch und indem er uns entgegen unserem Zutun und allein aufgrund unserer niederen Stellung zu seinen Mittätern erklärte, die – flöge die Sache auf – um ihre jetzt schon erbärmliche Existenz fürchten müssten, schloss er seine Rede, spuckte auf den Boden und ließ mir keine Wahl.

«Ich trage das Wasser gern», sagte die Wasserträgerin. «Ich trage es an heißen Tagen, wenn sich die Leitungen und Schläuche an den Ausläufern des Weinbergs ob der Hitze biegen und winden, dass es das siedende Wasser darin staut, bis die Gefäße bersten oder wenigstens die Flüssigkeit Löcher in die Schläuche reißt oder die Gewinde der Leitungen aufschraubt und daraus kleine Fontänen in die Luft schießen oder wenigstens der Sud tröpfchenweise den Berg hinunterläuft, das Holz verbrennt, worauf die Wasserzufuhr abgedreht und uns befohlen werden muss, die Eimer zu packen und loszulaufen. Ich packe die Eimer gern, laufe gern los zu dem Brunnen am Fuß jener Kuppen und Kämme, laufe gern durch die brütende Luft und die Reben hoch hinauf bis auf die Gipfel und darüber hinaus, wenn es sein muss. Ich schöpfe das Wasser, wie man es mir hier beigebracht hat», sagte die Wasserträgerin.

«Mag es für viele einfach klingen, Technik und Geschick dürfen dabei nicht unterschätzt werden. Erst danach gilt die Ausdauer und die Kraft, wem Technik nichts gilt, macht's hier nicht lange. Ich greife also mit beiden Händen nach dem schönen und richtigen Eisenhebel. Aus der Hüfte heraus schiebe ich das Metall von mir, hebe es hoch und strecke meine Arme hinterher, bis der schneckenförmige Knauf so hoch über meinem Kopf zu stehen kommt, dass er mein Gesichtsfeld verlassen hat und ich, um ihn wieder in dieses hineinzukriegen, meinen Kopf hinterher und in den Nacken hebe, worauf ich sogleich einen Schritt zurücktrete und aus der Kraft dieser Beschleunigung Becken, Arme und schließlich den Hebel hinterherreiße. Diese Bewegungen wiederhole ich, bis der Schnabel der

Pumpe Wasser spuckt, um dann sogleich innezuhalten. Mit dem ersten Schwall schwenke ich den Staub, der sich auf dem Weg zum Brunnen in den Eimer gelegt hat, aus diesem heraus und auf den Boden. Ich pumpe weiter. Ich lausche dem Geräusch der Wassermassen, die durchs Rohr aus dem Erdreich in die Luft gesogen und in meinen Eimer gespült werden. Je gleichmäßiger sie sich ihren Weg bahnen dürfen, desto ruhiger verhält sich das Wasser im Eimer. Ich will, dass das Wasser regelmäßig fließt, davor und danach, will, dass möglichst wenig davon auf den Boden schüttet. Daher mag ich kein Rattern in der Pumpe, glucksendes Wasser mag ich nicht.

Ich trage das Wasser gern, trage es in zwei Eimern. Dabei liegen mir die Henkel satt in den gebeugten Fingern, die Fingerkuppen locker an der Handfläche. Die Hände sollen trotz der Last, die sie tragen, locker bleiben. Unerfahrene Wasserträger umklammern aus Angst, Wasser zu verschütten, mit aller Kraft die dünnen Henkel, um die bei schnellem Gehen oder gar Laufen hin und her schwankenden Eimer besser kontrollieren zu können. Der unerfahrene Wasserträger steigt mit angespannten Händen die schmalen, steilen Pfade zwischen den Reben hoch und mit ihm steigt die Furcht, die schweren Eimer auszuschütten, die Furcht steigt mit jedem Schritt auf in ihm. Er sieht die Eimer auf einen Stein aufschlagen, die Reifen aufspringen und sieht die Dauben auseinanderstürzen, worauf er die Hände dem Bild entgegen und zu Ballen presst, dem Bild entgegen drückt er seine Finger gegen die Handflächen. Er sieht das kostbare Wasser in die Luft schießen und gräbt seine stumpfen Fingernägel tief in sein Fleisch. Den Stein, aber auch den Sand sieht er in Rinnsalen langsam den engen Weg hinunterfließen, bevor sie von der trockenen Erde verschluckt werden – und beschleunigt seinen schweren Gang. In seiner Hast holt er mit den Füßen weiter aus, jeder Tritt tritt höher und schneller auf als der vorhergegangene, vorhergetretene, der Unerfahrene hebt und hebt seine Schenkel, er schöpft aus dem Vollen, schöpft aus dem Vollen aus seinem Leib, wirft sich in den Lauf, wirft sich in die Vertikale, wirft sich und mit sich nur so um sich, in die Aufgabe wirft er sich, in das ihm Zugetragene wirft er sich, in was er sich zugetragen hatte, was er fassen durfte. Mit jedem Tritt versucht er dem möglichen Wasserverlust zu entkommen, mit jedem Schritt ist er dem Scheitern einen Schritt voraus, mit jedem Schritt tritt ihm das Scheitern einen Schritt näher. Kräftig presst er seine Hände zur Faust. Kräftig presst er seine Fäuste zu Kugeln. Kräftig presst er seine Kugeln zu Plomben. Kein Tropfen bombt auf die trockene Erde, kein Henkel rutscht ihm aus der Hand, kein Stück verrückt sich. Die plombierten Hände lassen nichts zurück, keinen Fingerbreit. Das Bild des zerschlagenen Holzeimers im Kopf, das Bild des zerschlagenen Holzeimers im Rücken, das Bild des zerschlagenen Holzeimers, wie es seinen Rücken geißelt, läuft er weiter den Steilhang empor, trampelt er den Pfad hinauf, klettert er seinem Ziel entgegen: dem Bottich, auf der Spitze des Bergs. Immer schneller wirft er seine Füße voreinander, immer höher schleudert er sich hinauf. Sein Atem rasselt und er peitscht und knallt seine Füße und Arme weiter und schneller und immer weiter und immer schneller und schneller drückt er sich in den Lauf, drückt er sich in die Wand, klettert er auf Füßen den steilen Pfad entlang, sticht er sich mit Fußspitzen in die Vertikale, stößt er sich mit

Fußballen und Ferse in die Höhe, schlägt er Knie und Schienbein ins Steile. Das bleischwere Wasser lässt auch die Arme Blei werden, seine Beine Blei, so wird auch das Denken bleiern. Wasser, Eimer, Glieder, Knochen, Fleisch, alles flüssiges Blei, weiches Blei, hartes Blei. Blei, das es hochzustemmen gilt. Kostbares Blei, das ihm anvertraut wurde. Anvertraut wurde ihm vom Fuße bis zur Spitze des Bergs, das kostbare, bleischwere Blei mir nichts, dir nichts hochzutragen, ihm nichts, ihr nichts hochzutragen. Also muss er weiter aus sich herausschöpfen, weiter sich emporschöpfen, das Blei, das er ist, hinauftragen. Und so geht es auch schon besser, jetzt», sagte die Wasserträgerin. «Der unerfahrene Wasserträger hat die steilen Stellen überwunden und nichts dabei ausgeschüttet. Den ganzen Widerständen zum Trotz fand er die Kraft, sich den harten Weg hochzuheben. In seinem Fleiß konnte sein Wille, der ein Körper ist, seinen Körper überwinden. Sein Körper war ganz die Motivation und die hatte er bis zuletzt nicht verloren. Bis zuletzt … Nun ja, genau jetzt tropft es auf den Boden. Der unerfahrene Wasserträger schreckt auf. Wie kann das sein? Jetzt, wo es leichter wird? Da begreift er, dass er selbst ein Eimer voller Wasser ist, der ausläuft. Es ist sein Schweiß, der auf den Boden fällt. Noch einmal Glück gehabt. Für einen Augenblick überkommt ihn der Gedanke, vielleicht einen Schluck Wasser zu trinken. Der Hals brennt, er hat Durst. Ohne Weiteres könnte er einen ganzen Eimer austrinken. Ja, er muss dieses Brennen löschen, das ihm die Kehle hinauf in den Mund steigt. Aber nein, dann wäre ja alles für die Katz gewesen. Er muss weitergehen, bald ist er da – just in diesem Moment», sagte die Wasserträgerin, «stößt der junge, unerfahrene Wasserträger seinen Fuß an einer Wurzel. Er stolpert und droht auf den Boden zu fallen. Er muss sich auffangen. In der Luft sucht der andere Fuß nach Halt. Schweiß stiebt auf, funkelt und glänzt im Sonnenlicht. Der unerfahrene Wasserträger will sich mit aller Kraft auffangen, sucht mit den Armen nach Balance, sucht nach der sicheren Landung. Wie er bereits den Eimer zerspringen, das Wasser aufspritzen sieht, findet der unerfahrene Wasserträger wieder Boden unter den Füßen. Er sackt ein, die Arme schwingen vor und zurück, doch er fängt sich auf.

Da atmet er ordentlich durch.

Das Wasser schwappt in den Eimern herum, ein Schluck platscht auf den Boden. Erschrocken dreht sich der unerfahrene Wasserträger zu allen Seiten um. Hat ihn jemand dabei beobachtet? Weiter oben am Berg sieht er die Arbeiter mit den Schläuchen die Reben bespritzen. Den Rücken talwärts haben sie keine Augen für ihn. Er steigt den kantigen Pfad weiter hoch, seine Beine angeln sich von Stein zu Stein. Jetzt wird's doch schon wieder steil, sagt er. Ab und zu verliert er leicht den Halt, rutscht, doch weiß der jeweils andere Fuß ihm wieder Halt zu verschaffen. In leichter Euphorie darüber, dass er nicht gestürzt ist, und von ebendiesem Umstand gleichermaßen erschrocken, verlässt seine Sorgfalt allmählich das Wasser und richtet sich sein Augenmerk ganz auf den Weg, den er noch zu bestreiten hat. Das gefährliche Plätschern lässt ihn leider nicht aufmerken. Immer wieder schüttet etwas Wasser auf den staubigen Boden. Der Schweiß läuft an ihm hinunter.

Andere Wasserträger kommen ihm entgegen. Im Vorbeigehen stieren sie ihm in die Augen. Argwöhnisch? Missbilligend? Sie rempeln ihn an. Wieder fällt Wasser auf den Boden und der unerfahrene Wasserträger gerät in einen leichten Taumel. Doch er sagt sich: Da ist der Gipfel, da ist die Rettung. Abermals befiehlt er seinen schweren Beinen, seinen tauben Armen, sich mit aller Kraft hochzuhieven. Ist er nicht ganz leicht? Am liebsten möchte er aufspringen, doch immer häufiger zucken seine Oberschenkel, krampfen sie zusammen, und er muss innehalten.

Er humpelt, geht, läuft, steht, geht weiter, steigt, fällt zurück.

Der Durst hat ihm inzwischen die Kehle ausgebrannt.

Da werden seine Tritte schwächer. Zögernd nur setzt er einen Fuß vor den anderen. Die Beine zittern. Der kleine Weinberg ist inzwischen eine Steilwand, unüberwindbar die Reben mit ihren grünen Trauben, ihren grünen Blättern, der dunkle Sand, das Braun. Tragen nicht Steine diese Farben? Grün und Braun? Man hat mich eine Geröllwand hochgeschickt, sagt der unerfahrene Wasserträger. Die spöttischen Blicke der anderen Träger. Ihr Hohn kommt vom Wissen um sein Unwissen. Man lacht nicht über seinen Versuch, diese Wand zu bezwingen, angesichts der Größe dieser Welt sind wir alle nur Würmer, Ungeziefer, unsere steifen Körper durch den ewigen Schutt schleifend. Lacht nur, die ihr da beseelt vom Gipfel herunterhüpft, denkt er. Doch geht mir aus dem Licht, lästige Fruchtfliegen, die ihr seid!

Da schreit er auf, der unerfahrene Wasserträger, und streckt seine Arme weit von sich, die Eimer fliegen durch die Luft und schon springt er ihnen hinterher, landet auf dem Boden, langt nach den Henkeln, den Eimern, die neben ihm hinunterrollen, während ihm das Wasser über das Gesicht läuft. Der unerfahrene Wasserträger dreht sich am Boden um, stürzt auf allen Vieren den Eimern hinterher. Springt auf, holt aus, hechtet und greift – das Gesicht schlägt hart auf – nach den Eimern. Er richtet sich auf. Er hebt die Eimer auf. Viel vom Wasser ist nicht geblieben, die Eimer sind fast leer. Ich habe eine Aufgabe, sagt der Junge und müht sich abermals den Berg hoch. Von der Stirn läuft ihm Blut ins Auge und erschwert ihm die Sicht. Bald bin ich oben, sagt der unerfahrene Wasserträger. Auf seiner Zunge kleben Sandkörner. Zucker, der nur richtig geschluckt im Rachen zu Karamell und im Magen zu Wasser zerfließt. Er hustet, schüttelt sich. Spuckt den Sand wieder aus. Das Blut fließt ihm inzwischen aus der Augenhöhle über die Wange. Er spürt die Flüssigkeit, streckt die Zunge danach und streicht sie sich in den Mund. Doch reicht sie nicht aus, seinen Durst zu stillen. Wenn er doch nur schneller gehen könnte. Wären die Eimer nur nicht so schwer. Er blickt die tauben Arme hinunter. Wo ist nur all das Wasser geblieben, ruft er enttäuscht. Das Wasser! Ich muss die Eimer wieder auffüllen, auffüllen muss ich sie. Ich habe eine Aufgabe, man hat mir eine Aufgabe zugetragen. Wasser, ich brauche Wasser! Der unerfahrene Wasserträger stürzt auf die Knie und schaufelt mit den Händen Sand, Kies und Erde in die Eimer. Auffüllen muss ich sie. Wie gut, dass hier alles voller Wasser ist, lächelt der unerfahrene Wasserträger. Wie schön es glänzt und fließt, dass ich das übersehen konnte!

Jetzt verstehe ich, lacht er leise, was das für Blicke waren. Ich hätte auch über mich gelacht, hätte mich auch verspottet. Da läuft einer den Berg hoch, läuft sich die Seele aus dem Leib, um vom Brunnen Wasser auf den Gipfel hinaufzutragen, wenn doch der ganze Berg ein einziges

Wasserschloss ist! Da fließt das klarste, feinste Wässerchen die Steine herunter, weswegen ich auch am ganzen Körper nass bin, und ich sehe es nicht einmal! Den hätte ich nicht nur verspottet, den hätte ich getreten und nicht mit Worten bloß! Wie peinlich, lacht der unerfahrene Wasserträger und schaufelt weiter trockene Erde in die Eimer. Hie und da gönnt er sich einen Schluck. Er hustet. Den ganzen Tag schon hat er nichts getrunken, kein Wunder, dass sich der Rachen erst wieder an Flüssiges gewöhnen muss! Er hustet und trinkt weiter. Da hebt er einen gefüllten Eimer zur Sonne: Schau!

Er steht auf und schüttet das Wasser in die Reben. Hebt den zweiten Eimer auf und schüttet auch dessen Inhalt aus. Dann stürzt er sich wieder auf die Knie und füllt die Eimer von Neuem, leert sie von Neuem, füllt sie von Neuem und leert sie wieder von Neuem.

Als sich von oben die Arbeiter nähern, begreift der unerfahrene Wasserträger endlich, was mit ihm geschieht: Er war es, sein sensibles Gemüt war es, das ihm half, den richtigen Weg einzuschlagen und dabei eine neue Wasserquelle zu entdecken. Natürlich ist es sonderbar, dass ausgerechnet hier Wasser hinunterstürzt, aber er hat die Quelle entdeckt und nun kommen sie und wollen ihm das Wasser wegnehmen! So lass ich nicht mit mir umspringen, ruft der unerfahrene Wasserträger zu den sich ihm nähernden Arbeitern. Wer glaubt ihr Besseres zu sein, dass ihr euch bloß im Rudel bewegt! Kommt ruhig, Wasser gibt's genug hier, ruft er ihnen zu und schöpft weiter in die Leere. Er trinkt, hustet, versucht hinunterzuschlucken, doch der Körper wehrt sich, würgt, dann endlich fließt das Wasser den Hals hinunter, nein, er verschluckt sich. Das harte

Wasser ist ihm im Hals steckengeblieben. Kommt davon, denkt sich der unerfahrene Wasserträger, wenn man eine Sache überstürzt. Oder hab ich mich verschluckt? Einerlei. Er versucht, das Wasser wieder herauszuspucken, wirft die Eimer ins Tal, das Holz sprengt in alle Richtungen, er beugt sich, flucht stimmlos hinterher und rutscht aus», sagte die Wasserträgerin.

«Die Steine, über die er stürzt, küssen seinen Körper», sagte sie. «Ich trage das Wasser gern.»

Das nackte Leben

Er habe in Anekdoten zu berichten gewusst, sagte die Erntehelferin. In pointierten Geschichten habe er über Sachen zu berichten gewusst, von denen sie auch ohne Witz zuvor keine Ahnung gehabt habe. Aus vermeintlich unbedeutenden Ereignissen habe er einen Schwank gemacht. Sein Lachen sei ihm dabei Lacher genug gewesen. Die Lacher seien aber keineswegs als Witze zu verstehen gewesen. So habe er jeweils den Unterschied zwischen unwillkürlich und willkürlich humoristischen Erzählungen mit einer kurzen Episode aus seinem Leben zu bebildern versucht. Nie sei dabei an denselben Stellen gelacht worden. Das sei ihm genehm gewesen, aber nicht immer. Immer sei es ihr darob leicht unheimlich geworden. «Leicht», tatsächlich so wie man die Gewichte bei Flüssigkeiten beschreibe. «Schwer» seien seine kurzen Berichte nicht gewesen. Da, wo sie es hätten gewesen sein können, habe sie es vielleicht nicht gemerkt. Der Nachdruck sei aber, daran möge sie sich doch erinnern, einer anderen Quelle entsprungen. Sie wisse leider auch gerade kein besseres Bild für «Quelle», denn entsprungen sei er schließlich allemal. Und genau diese Bewegung habe ihr Unwissen, und ja, ihren Unmut gefördert. Sie habe sich daher nicht gescheut, jenem Gefühl zu folgen; sich in jenes Gefühl hineinzubegeben. Daher auch der Vergleich mit den Flüssigkeiten. Die Anekdoten seien sicher keine Vorwände gewesen, doch hätte er ganz betont auch immer anderes mitgemeint.

Eine kleine Geschichte, die er ihr, aber auch den anderen, immer wieder gern in Variationen erzählt habe, berichtete von einem Ereignis aus seiner Kindheit oder Jugend, je nach Tageslaune. Einmal sei es dabei so gar nicht um einen zerflossenen oder unerreichten Schwarm gegangen, sondern – dies sei wohl das Thema, mit dem er in seinen Anekdoten gern Vorlieb genommen habe – um seinen beruflichen Aufstieg. Die Geschichte seiner Übersiedlung sei dabei wie immer vollständig im Verborgenen geblieben und so habe sich das Erzählte in einer unbestimmten Zeit und an einem unbestimmten Ort abgespielt. Von harter Arbeit, einem Missverständnis und großer Wertschätzung habe er gesprochen, die ihm tatsächlich auch finanziell zuteil geworden sei. Was er aber mitgemeint habe, wovon das Erzählte tatsächlich gehandelt habe, sei der unerschütterliche und romantische Glaube gewesen, dass er als junger Mann, mittellos und gewissermaßen auch hoffnungslos, dem Leben «ausgelieferter» und daher «näher» gewesen sei. Er habe in jenem Zusammenhang gern vom «nackten Leben» gesprochen und habe des Weiteren zur Veranschaulichung gern in Begriffen geredet, in denen er sonst über Gemälde sprach. Er habe von Kontrasten, Intensitäten, Kompositionen und Farben gesprochen, wobei alles eigentlich immer nur auf das eine Wort, den Kontrast, zurückzufallen schien, denn was ihn an den anderen Eigenschaften interessiert habe, sei in aller Konsequenz allein unter diesem Begriff zusammengefallen. Mit einem Interesse, das seinen vielleicht gedanklichen Ursprung schon längst verlassen gehabt habe und vollends in seinen Körper, in seine Gesten und auch insgesamt in seine Bewegungen übergegangen sei, wenn er davon gesprochen habe – ganz offensichtlich hätten sein bewegter Torso, seine Beine, ja die Hüfte und der schnelle Blick das Sprechen angetrieben –, sei er mit all den unterschiedlichen Wörtern, die er dazu benutzte, immer wieder diesem Motiv des Kontrastes gefolgt, ja nachgestellt, bis an den Übergang zur Belästigung oder dem Erlegen des Gegenstandes. Kontrast, als das immer sinnlich vermittelte und daher stets konkrete Verhältnis von wenigstens zwei Dingen, wobei dieses Verhältnis in der Vermittlung selbst zum Ding werden könnte oder werde, irgendwie so oder so ähnlich hätte er wohl diesen Begriff nicht umrissen, aber vielleicht sein Interesse danach, sagte die Helferin. Wenn er vom «nackten Leben» gesprochen habe, so habe er damit ganz ironiefrei – darin habe sein ganzer Humor gelegen, er habe ganz zum Spaß ironiefrei sprechen können – die Verstärkung des Kontrastes gemeint, zwischen sich und der Welt. Und er habe, unbewusst, meinte er in seinen Erzählungen, deshalb diese Verstärkung gesucht. Seine Teilhabe an der Welt sei für ihn stets von seinem Abstand zu ihr bestimmt gewesen, jener Abstand, der wiederum seine ganze Bindung und daher seine Welt erst bedeutete. Häufig habe er von der Welt wie von einem Gegenspieler oder, seltener, einer zerronnenen Liebschaft gesprochen. Wenn sie in seinen Worten sprechen möchte, so würde sie sagen, dass diese Pose durch den Kontrast zu seinem späteren Leben als Gutsbesitzer gleichermaßen an Possenhaftigkeit wie Wirkungskraft gewonnen habe. Seine Trauer um das Verstreichen der Zeit sei nie eine «Trauer der Vollendung» gewesen, er habe sich keinem Entwurf von Leben unterworfen gesehen, dessen Vorlage eine erfüllte und darin abgeschlossene Existenz beschrieben hätte, die er zum Ende hin, auch unabhängig davon, erreicht hätte. Seine Nostalgie habe dieser Erinnerung – an die Erinnerung – einer Existenz gegolten, die seiner Vorstellung vom «nackten Leben» näher gewesen sei, und in kindischer Manier habe er mit den Mitteln, die ihm zur Verfügung gestanden hätten, dagegen anzukämpfen versucht, was hieß, sich immer wieder Geschehnissen auszusetzen, die bereits in ihrer Anlage eine Verstärkung des Kontrastes und damit der Verhältnisse zur Folge gehabt hätten. Wenn er aber gegen Tagesende in die Reben gestiegen und ihnen für ihre Arbeit gedankt habe, habe sein Wehmut umgeschlagen in Ratschläge. Der Sorge ums Überleben, habe er gesagt, die uns durch den Tag begleiten und durch die Jahre treiben würde, dürfe nicht mit der Anhäufung von Besitz, gleich welcher Art, begegnet werden. Er habe dies nicht als Bestätigung eines bekannten Sprichworts gemeint, das vom Zerrinnen spreche, sondern in einer unmittelbaren und physischen Weise habe er im Absichern des Lebens genau dieses selbst bedroht gesehen. Auch das habe er ganz ohne Witz gesagt, diese Binsenweisheit eines Besitzenden. Jede und jeder möge sich seine Besitztümer selber aufzählen, nur um festzustellen, worauf sie einem die Sicht nehmen würden, unterschiedliche Aussichten bedürften unterschiedlicher Sichtzäune, habe er gesagt und sich dabei vielleicht in die Tasche seiner feinen Hose und nach der noch feineren Uhr gegriffen. Die jeweiligen Erfolge in seinem Leben hätten sich wie ein Schutzfilm zwischen ihn und dieses Leben gelegt. Ein Leben lang habe er sich abgemüht, die Lücke aufzufüllen und – welch origineller Einfall – habe dies den Abstand bloß ausgeweitet. Der Öffnung, habe er gern gesagt, während wir schwitzend auf den Steinterrassen saßen, nicht mit einem Ansatz von Zustimmung zu begegnen, sondern sie gar verschließen zu wollen, reiße sie immer weiter auf. In jene profane Leere starren, bloß um – ach was. Dass sich die eigene, schmerzende Leere nicht auffüllen ließe, daraus entstünde der Eindruck jener Schwere, die an ihr ziehe und in die sie sich nie wirklich entleeren könne. Erst spät sei er durch die Weite gegangen. Vielleicht gerade weil «hier» von Weite nur so umstellt sei. Und ginge es nicht gerade darum, jene Leere auszuschütten, habe er gern geblufft und sich dazu zum Tagesende hin, bevor wir unsererseits die eingesammelten Trauben auf die Transporter luden, eine Zigarre angesteckt, sagte die Erntehelferin.

Der andere Verdächtige

Noch ehe Rihs beim Zählen der Tiere einen möglichen Diebstahl bemerkt und darüber später im Gespräch mit Kat jemanden des Pferdediebstahls beschuldigt hatte, fiel sein Verdacht auf einen jungen Mann, von dem die Menschen in der Ortschaft, und also auch Rihs, bloß wussten, was über ihn gesagt wurde. Obschon Rihs diesem auf offener Straße bereits einige Male begegnet war, täuschte ihn der Anblick, den er dabei vom jungen Mann gewann, nicht über dessen tatsächliche Erscheinung hinweg, die sich einzig im Dahingesagten anderer offenbarte und an ihm nicht nur wie Nachgesagtes haftete, sondern sich wesentlich und bis zum unbewussten Bestimmen seines Äußeren in ihm widerspiegelte. Indem vom Gesagten auch einiges aus seinem eigenen Mund floss, wurde dieser Umstand eher noch verstärkt als vermindert, da auch das von ihm Gesagte, wenn nicht dem bereits Hergesagten entsprach, so doch diesem entsprang. Er glich sich in dieser Weise nicht nur dem Gesagten an, sondern fand darin seit jeher eine eigentliche Entsprechung und so setzte er sich mit dem Gesprochenen gleich, indem nie von Selbem die Rede sein konnte, er deshalb eigentlich eher mit der jeweils zum Ausdruck gebrachten Sache gleichgesetzt wurde. Für ihn, aber auch für andere, mitunter Rihs, hieß dies nicht, dass er in jedem Fall auch das Gemeinte bedeutete und einer Sache entsprochen hätte, der er nicht entsprechen konnte. Gerade wenn es aber um vermeintlich leicht zu überprüfende Merkmale ging – und davon gab es nicht wenige, auch wenn diese Person wenig besaß –, so hätte später niemand mit Sicherheit sagen können, ob diese aus einem voreiligen Gehorsam heraus dem Beschriebenen entsprochen hätten oder aufgrund der treffenden Wortwahl. Irgendjemand hatte immer schon gesprochen. Und wer war man, dass man seinen eigenen Worten mehr Glauben schenkte? Unsicher war sich Rihs zeitweilig auch, ob der andere überhaupt anderes von sich wusste, als was andere von ihm gesagt hatten, gerade weil selten von ihm die Rede war und sich diese immer häufiger durch vermeintlich wohlweisliches Auslassen auszeichnete oder sich zumindest mehr und mehr aus Ausgelassenem nährte, nicht bloß, wenn es um ihn ging. Dabei wurde auch kaum etwas verschwiegen. Kaum etwas, das hätte gesagt werden müssen, wurde nicht gesagt, vor allem aber wurde auch nichts gesagt, das nicht hätte gesagt werden müssen, über das Ungesagte schwieg man sich nicht aus. So hieß diese Person, wie sie genannt wurde. Eine Selbstverständlichkeit, die Rihs erst im fehlenden Widerspruch und angesichts der Vorkommnisse zweifeln ließ, zweifelsohne würde ihr – hegte sie denn die unterstellten Absichten – eine solche Verwechslung gelegen kommen. Sich ihrer selbst nur im über sie Gesprochenen ähnlich, wiese sie jedoch unweigerlich diesen Vorwurf von sich, indem sie sich letztendlich selbst, wie wir alle, nicht entsprechen konnte, und diese Lücke zwischen sich und ihrer Entsprechung ganz sicher auch dasjenige war, das ihr folgte und aus dem sich ihre Existenz schöpfte, jene Stätte, die sie nie betreten konnte, weil sie ihr stets einen Schritt vorauseilte und sie darin begleitete. Wahrscheinlich würde sich auch das Alter dieser Person diesen Umständen entsprechend nur als unbestimmt bezeichnen oder ungefähr bestimmen lassen, dachte Rihs, der versuchte, gerade als er jene Vorwürfe erhob, sich ein Bild von ihr zu machen. Dass sich dieses nur aus dem Undeutlichen, Schemenhaften bildete, ließ ihn für eine kurze Dauer zum Gedanken verleiten, dass das Wesen dieser Person ganz und gar vom Geringfügigen, vom Unwesentlichen bestimmt war –, bis er versuchte, sich von anderen ihre Gesichter und Konturen zu vergegenwärtigen und sich eingestehen musste, dass er sich dabei nur genauso Unscharfes einbilden konnte, ja, in solchem Maße, dass er gar an «sich» oder wenigstens an diesem Begriff vorübergehend zweifelte. Rihs' Verdacht fiel deshalb auch nicht aufgrund bestimmter Vorkommnisse oder Beobachtungen auf jene Person, sondern weil er ihr eben gerade zwangsläufig und unausgesprochen jene Uneindeutigkeit zuschrieb, die ihr das Gehörte zugespielt hatte. In dieser Sache, also dem Diebstahl von Pferden. Von anderen Begegnungen, oder was später über diese gesagt wurde, wusste er, dass es meist die Mutmaßungen der anderen waren, welche zum eigentlich Erlebten dieser Person wurden oder sicher zu ihrem Handeln. Fragte man nämlich bei ihr nach, versuchte man «aus erster Hand» an Schilderungen zu kommen, antwortete sie meist mit Gesten, Worten, die das Vermutete keineswegs widerlegten, aber auch keine Bestätigung zuließen, denn die Antworten würden ungenau ausfallen, aber immer eindeutig, sagte man. Es lag also auf der Hand, dass in dieser Sache gerade durch die fehlende Mehrdeutigkeit eine Konfrontation im Sande verlaufen würde. Und dies sprach sowohl für als auch wider ihre Schuld, dachte er. Dass sie diese nicht bestreiten würde und genau dadurch auch nicht bestätigen könnte. Besonders wenn es um ihre Herkunft ging – in der Ortschaft eines jener die Richtung von Spekulationen bestimmenden Merkmale einer Person – hüllte sich die Person im ihr Zugeschriebenen. Die verschiedenen Angaben hoben sich auf in der Erkenntnis, dass sie hier war, gerade weil sie keine genauen Angaben zum Zeitpunkt ihrer Anreise machen konnte. Alles andere wäre verdächtig, würde man sicher denken. Dachte Rihs. Gelegentlich hätte er auch deshalb gerne mehr gewusst, bloß um zu erfahren, woher seine Vermutungen tatsächlich rührten. Weniger interessierte ihn dann die Wahrheit über jene Person, als was sie freilegen könnte mit Bezug auf die Form und die Herkunft seiner Mutmaßungen. In solchen

Momenten lag der Gedanke nicht fern, sich selbst in jener Person wiederzuerkennen, auch und vor allem als möglichen Pferdedieb. Allein weil die Möglichkeit dazu bestand, und gerade weil er es besser wusste. Sicher wäre es besser, von Angesicht zu Angesicht mit jener Person zu sprechen. Nur eine direkte Rede könnte möglicherweise Klarheit schaffen. Rihs wusste aber auch – woher war ihm unklar –, dass es dazu dennoch keinen Anlass gab und es besser war, diesen Gedanken wieder zu vergessen. Tatsächlich klappte es auch mit dem Vergessen von Gedanken, vorübergehend jedenfalls, weil er sich mit aller Kraft bemühte, nicht in Bildern zu denken. Bilder, aus denen man nur allzu voreilig seine Schlüsse ziehe. Nicht, weil sie verfälschten, dachte Rihs – im Erkennen des Verfälschten hätte er ja erkannt –, sondern weil er selbst, um die Bilder zu sehen, sich hätte verschieben und also auch verfälschen müssen, da immer nur ein anderer an seiner Stelle ein Bild als solches sehen und also erkennen könnte. Sowohl entstiegen die Bilder nicht alleine dem Erzählten, als auch nicht aus ihm, Rihs, oder ihm Rihs, der sie sähe, vielmehr flögen sie ihm zu, aus jenem Ort, der den Bildern folgte und sich hinter ihnen versteckte, solange sie eben Bilder gewesen seien. Die Bilder, dachte Rihs, zeigten ihm doch gerade, dass sie ihm ihre Herkunft verschleierten, denn zeigten sie diese, wären sie keine Bilder mehr und darin sicher größer als der, dem sie zuflögen und der sie nicht umfassen könnte. Was ihrer Wirkung dann überhaupt noch entgegenzusetzen sei, wusste Rihs nicht und versuchte, wie er sagte, gerade deshalb auf sie zu verzichten. Nur so könne er ihnen entziehen, was sich von ihnen aus auf ihn übertrage, nämlich genau dasjenige, dem er sich nicht entziehen könne. Da halte er sich lieber noch an die Wortgeflechte, durch welche er zwar irren müsse, aber noch immer einen Weg gefunden habe, auch wenn gerade diese Wege allzu häufig in die Irre führten. Doch im Bezug auf jene Person, die er eines Vergehens verdächtigte, noch ehe er des Vergehens gewahr wurde, deren Erscheinung sich aus dem Gesagten schuf und wiederum dieses mit dem Nachdruck eines gut gemeinten Rats bestätigte, blieb ihm wenig anderes übrig. Möglich auch, zweifelte Rihs – als ihm aus den genannten Gründen bereits klar war, dass die Person in die Handlungen nicht involviert sein konnte –, dass der Diebstahl erst geschah, weil er jemanden dessen verdächtigte, was er aufgrund des in der Ortschaft Gesagten auch immer wieder tun musste. Keine selbsterfüllende Prophezeiung, sondern vielmehr der Übergang vom Geschwätz zum Gesagten, dem Gesprochenen und zum Gehörten und dadurch schließlich auch zum Geschehenen. Oder bedurfte es dazu vielleicht erst der Schrift, fragte Rihs, der diesen Gedanken gleich wieder verwarf: «Viel zu aufwendig, auch darüber Buch zu führen.»

Lichtspiel

Im Einspieler holpern die Bilder, einige werden gar ausgeblendet. Die Bildmarke eines Filmvertriebs, dann Unterbruch und der Raum ist dunkel. Das Saallicht geht an und eine Stimme entschuldigt sich, sie spricht von der Filmrolle. Es könne eine Weile dauern. Die Menschen, die sich auf den Plätzen eingefunden haben, unterhalten sich im Flüsterton.

«So schön angenehm, von der Temperatur her», sagt Kat zu Isabelle. «Wir sollten öfters hierher kommen.» Isabelle nickt und legt ihm die Hand aufs Knie. Wieder spricht hinter ihnen die Stimme. Aus technischen Gründen könne der angekündigte Langspielfilm leider nicht gezeigt werden. Was heißen technische Gründe?, fragt eine Stimme aus dem Publikum. Ein kleiner Gegenstand, in der Größe eines Reiskorns vielleicht, sei ins Getriebe geraten, antwortet die Stimme hinter dem Publikum. Welches Getriebe?, fragt die Stimme aus dem Publikum. Ein Koppelgetriebe sei es, es sei ein Kreuzgetriebe, antwortet die Stimme hinter dem Publikum. Na dann, antwortet die Stimme aus dem Publikum zurück. Es sei ein Getriebe in der Form eines Kreuzes, halb Kreis, halb Malteserkreuz, mehr wisse sie auch nicht. Und anstelle des Stiftes des Antriebsrades sei ein reiskornförmiger Gegenstand in den Schlitz gefallen, sagt die Stimme hinter dem Publikum. Lässt sich das nicht beheben?, fragt darauf eine andere Stimme aus dem Publikum. Sicher, sagt die Stimme hinter dem Publikum, aber man habe sie ja gar noch nicht ausreden lassen. Der Defekt sei schon lange behoben, sagt sie. Na so, antwortet wieder die erste Stimme aus dem Publikum. Jedoch habe sich davor der Film bereits aus der Spule und aus dem Abnehmer ausgefädelt, worauf sich, vielleicht aufgrund des eingeklemmten Gegenstandes, das Getriebe erst blockiert, dann aber unvermutet beschleunigt habe. Nun liege der Film als einziger Wirrsal auf dem Boden, stellenweise gerissen, erklärt sie. Bis sie ihn repariert, aufgerollt und eingefädelt habe, sagt sie – sie müssten sich gedulden. So?, fragt eine neue Stimme aus dem Publikum. Sie könne aber einen anderen Film abspielen, sagt die Stimme hinter dem Publikum. Ein Film mit gleich langer Spielzeit, eine internationale Produktion. Wieder geht das Flüstern durch den

Raum und bald darauf wird die Leinwand mit einem schnellen Spiel aus Lichtern ausstaffiert.

Nach der Filmvorführung steigen Kat und Isabelle in den Geländewagen. Isabelle fährt los und aus Kats Mund brausen die Worte: «Vom ersten Bild, also gleich nach diesen Schriftzeichen – welche fernöstliche Sprache war das eigentlich? –, war ich wie gebannt, so etwas habe ich meiner Lebtage nie gesehen! Mit welcher Selbstverständlichkeit die Erzählung einsetzte, mit welcher Leichtigkeit die Figuren durch das Bild und über die Leinwand rauschten, ganz sicher waren sie einer Levitationstechnik kundig, die man hier noch nicht entdeckt oder bereits wieder vergessen hat, denn wie sie durch den Raum schwebten, so schwebten sie auch durch das von ihnen Erzählte, durch die Wirren der Handlung, ein beneidenswertes Leben, denn alle Widerstände, die sich ihnen in den Weg stellten, alles Gewicht, das sich um ihre Fußfesseln klammerte, das ihnen auf den Nacken drückte, auf die Schultern, schien sie noch befreiter, noch leichter schweben zu lassen, als wären diese Hindernisse nur dazu da gewesen, damit sich die Figuren von ihnen abstoßen und in die Höhe schweben konnten, mit jeder Filmminute strichen ihnen die Witterungen Glanz ins Gesicht, schmierten ihn über ihre Wangen und drückten ihn tief in ihre Augen, deshalb lachten sie auch in einem fort, wo andere weinen, Umstände, die unsereins Jahre zurückwerfen, spickten die Figürchen geradezu in ihre Zukunft, sicher hieß das für die ein oder andere, dass es sie zersprengte, klar, was leuchtet, kann jederzeit verglühen, so nah am Abgrund, so hoch über den Wolken standen, nein glitten, nein, flogen diese Figuren mitten im Leben und durch dieses hindurch an einen Ort, der nicht jenseits davon, doch nicht darin zu verorten war. Kann tatsächlich nur das Erzählte in seiner Entfernung von einem Leben sprechen, das sich uns nie zeigt, wo und weil wir doch mitten drin sind und liegt womöglich ihre Wahrheit gerade in ihrer Entfernung dazu, Isabelle?»

Isabelle blickt zu Kat, dem vom Erzählen die Wangen glühen. Sie blickt zurück auf die Straße, greift nach seiner Hand und legt sie sich auf ihren Oberschenkel.

«Was wenn, Isabelle, genau diese Frage nach dem Möglichen gerade andersherum gestellt werden müsste? Also muss? Das ist doch die eigentliche Möglichkeitsform, das alles ist.»

Isabelle blickt auf die Straße und Kat entschuldigt sich dafür, dass er spricht.

«Schon in Ordnung, das gefällt mir», sagt sie.

«Wäre es da nicht besser, sich selber genau an diesen Ort zu führen, der möglicherweise viel lebenswerter ist, weil aufrichtiger? Sich in jenes Spiel aus Figuren zu begeben, selber Figur zu werden? Nun, ich stelle mir vor, dass es auch für uns beide dienlicher wäre, uns gar nicht erst jenen Schwerkräften auszusetzen», sagt er.

«Du sprichst von unserer Beziehung?»

«Von Bindung.»

«Nicht festlegen willst du dich.»

«Nein, Freiheit.»

«Was ist mit dem Vorschlag, dem Vertrag?»

«Der gilt natürlich.»

«Na dann.»

«Was denkst du?»

Mit dir legt sich das Gewicht deines Körpers hin.

Es setzt am Steißbein an und rollt über den Rücken hinauf zu den Schultern, bis zum Kopf.

Du drehst dich zu allen Seiten.

Du drehst dich erneut zu allen Seiten.

Du fragst dich, wie du deinen Körper gewöhnlich ausrichtest, bevor du einschläfst. Zur Antwort denkst du an die Ereignisse des Tages. Du siehst Rihs in seinem Arbeitszimmer die Buchhaltung durchgehen. Er ruft dir etwas zu und du fragst dich laut, wann ihr den Pferdedieb überführen werdet. Du schaust zur Wand und siehst eine Luftaufnahme von Frühlingswasser, diese Kleinstadt umgeben von Geröll. Der Wasserturm, die Kirche, die Markisen, das Gebäude der Feuerwehr. Du schließt deine Augen und öffnest sie wieder. Nein, du öffnest deine Augen und schließt sie wieder.

Du liegst auf dem Bauch, der Zipfel des Bettlakens in der Kniekehle, und du fragst dich: Habe ich bereits geschlafen? Hinter der Scheune hörst du eine Stimme, es ist der Kompressor deines Kühlschrankes. Dann ist da eine Stimme ganz nah an deinem Ohr, ein Vogelzwitschern.

In der Steppe suchst du nach Wasser. Immer diese Sonne, die auf deine Haut brennt. Dein rechter Arm zerfließt im Licht und wächst sogleich wieder nach. Neben dir bückt sich ein Gast über den Tresen und macht dem Barmann ein Angebot, er spricht von Investment. Der Barmann stellt sich das einfache Leben vor, weniger Arbeit, etwas mehr Geld, doch schon winkt er ab, er weiß, was er hat. Du gehst weiter, da geht ein Entführer, er trägt den Entführten auf seinem Rücken durch die Straße. Leicht geduckt geht er hinter parkierten Automobilen. Wenig später hörst du von einem Kult. Alle wissen, dass da viele mitmachen, dass fast alle drinstecken. Man spricht davon, indem man nicht darüber spricht. Vermutungen und Gewissheiten wiegen sich in dir gegenseitig auf. Viele wüssten selber nicht, ob sie Mitglieder seien, sagt man. «Ja, stimmt», sagst du. Kampfflieger landen mitten im Wohnquartier, während du ein Café betrittst. Immer öfter landen unter lautem Krach die Flieger, während du an der Theke dein Getränk bestellst. Ab und zu missglücken die Landungen, die Flieger drehen sich um die eigene Achse und die Menschen im Café rücken etwas näher, nehmen Abstand vom großen Glasfenster. Doch keiner dieser Flieger knallt gegen die Wohnhäuser und so ärgert sich auch niemand über sie. Als du das Lokal verlässt, siehst du einer Fehllandung zu, das Flugzeug liegt mit der Decke auf einem Sportwagen. Im Kino löst du die Kassiererin ab. Als ein Kind – einziger Gast an diesem Abend – kein Geld hat, erklärst du ihm ausführlich, weshalb du es nicht umsonst hineinlassen kannst. Das Eintrittsgeld ist höher als der Preis eines Einfamilienhauses in dieser Gegend. Daran störst du dich nicht, nur daran, dass das Kind immer noch umsonst in die Vorstellung will. Du stellst es vor die Tür und schließt ab. Durch den Kinosaal betrittst du wieder die Steppenlandschaft. Beim Öffnen der Tür fliegt dir eine Fliege vors Gesicht. Du rollst die Zeitung in deiner Hand und schlägst nach ihr. Bereits seit Stunden wieder unter der heißen Sonne formt sich der Staub zu einem Schwimmbecken. Dir ist nicht nach Schwimmen und du bist auch nicht mehr durstig, aber eine Erinnerung an ein Erlebnis, das du noch nicht erlebt hast, ereilt dich. Mit der Zeitung verscheuchst du auch sie. Als du am Ende der Steppe den Gutshof entdeckst und die Türe aufschließt, sind die Einrichtungsgegenstände alle etwas heller, als du es dir gewohnt bist. Das Telefon klingelt. Es ist der Bruder, den du nicht hast. Er wird in Kürze heiraten und bittet dich um Einkäufe. Die Liste an Gegenständen, die er dir diktiert, notierst du auf deinen Unterarm. Es sind vor allem Instrumente, von denen du noch nie gehört hast. Der Bruder will dich am Abend treffen, er sei etwas aufgeregt, und hängt auf. Wieder klingelt das Telefon. Du nimmst ab. Erneut spricht der Bruder. Er rufe aus der Hotellobby an, aus der Großstadt. Er solle sich entspannen, hast du ihm gesagt. Du legst den Hörer hin und setzt dich in einen tiefen Sessel. Von der Decke schneit der Anstrich und darunter kommt ein Gemälde zum Vorschein. Du stehst auf und stellst dich unter das Bild, das sich ebenfalls zu lösen beginnt. Das berühmte Gemälde eines Schlachtfeldes, dessen Farbpigmente dir nun auch ins Gesicht rieseln. Auf der Netzhaut tanzen die Soldaten zum Klang der tiefen Mittagssonne. Ihre Schatten dehnen sich aus im Takt ihrer Schritte, stülpen sich über ihre Gesichter, über die fröhlich zuckenden Leiber. Der Schutt und das Blut, der Rauch und die Toten, die Schatten legen sich über die Szenerie, die wenig später in einem schillernden Licht erklingt und dir fällt ein, dass du ein Formular unterschreiben musst und fällst nach hinten.

An der Zimmerdecke siehst du ein totes Insekt. Oder ist es Staub? Du greifst dir ins Gesicht. Wieso kannst du nicht schlafen?

Du gehst auf und ab. Als dir der Omnibusfahrer eine Fahrkarte in die Hand streckt, liegst du auf dem Boden des

Busses. Du stehst auf und nimmst das Rausgeld entgegen. Auf der Fahrkarte ist kein Ziel angegeben. «Wie weiß ich, ob ich mit derselben Fahrkarte auch wieder zurückfahren kann?», fragst du. Der Fahrer schlägt mit der flachen Hand auf den Geldwechsler und drückt aufs Gas. Du steigst ein, obschon du bereits eingestiegen bist. Durch die Sitzreihen gehst du nach hinten und setzt dich ans Fenster.

Du drehst das Wasser auf und schlägst es dir ins Gesicht. Du spülst dir den Mund und reibst dir die Augen.

Dein Körpergewicht ist jetzt deutlich im Becken zu spüren, während du liegst. Das Fleisch drückt hinaus und die Haut drückt herein. Die Hände glühen vor Hitze, die Füße frieren.

In der Küche öffnest du den Brotschrank. Du stellst die Kaffeemaschine an.

Du drehst dich abermals zu allen Seiten, trittst das Kissen weg und rufst deinen Namen, als dir bereits niemand geantwortet hat.

Sag mir bitte «wie»

Die aschwurzweißen Wölkchen unten am Himmel wie taunasser Waldboden, Flechten oder peroxidgebleichte Schaumkrönchen wie Gischtbetten auf Mondscheinwassern und zu Bergen getürmte, frisch gerupfte Daunen wie launenhafte Tage voll zweifelhafter Sehnsüchte, mal erfüllte, mal aufgeschobene, wie wechselhafte Witterung und das unvoreilige Knospen einer zur Neige gehenden Jahreszeit, im Blätterregen, an den laubbefreiten Ästchen hängende, lose verknüpfte Gedankenscherben wie aufsteigender Atem oder schlecht destillierter Branntwein wie die das Pub verlassende Blechmusikkapelle, ein Anflug dunkler Blässe auf den trichterförmigen Instrumenten wie die Firnis auf dem Kalkstein des Lithografen, das Anrühren der Druckerfarbe und Übertragen der Vorlage, die wolkigen Abzüge wie ein von ausgebleichten Flechten überwachsener Waldboden oder aufschäumende Gischt, von Blitzlichtpulver bestreute Schaumkronen wie das altrosarote Wolkenbett, das sich durchs Kabinenfenster beobachten ließ, als Isabelle im Flugzeug saß: «Welche Wasser wohl in welchen Tiefen von Blau unter den Wolken liegen mögen? Welche Wogen welcher Wellen dabei wohl aneinander geraten? Wie der Wein, der gekeltert und gegärt, in Fässern gelagert und in Flaschen gefüllt, auf Schiffen über ebenjene Wasser gefahren wird. Die Wellen darin wie die Wellen der Wasser, Wogen des Meers wie die vom Regen aufschwingenden Tümpel, das Aufsteigen der Farben im ungefähren Übergang der Jahreszeiten wie das darauf folgende Beschlagen der Scheiben, das Rückfahrtlicht in den Kondensationstropfen wie Rosenquarz oder roter Beryll und Feldspat wie das Glitzern der Salzbassins hinter den Gebirgsketten von Frühlingswassersprühes wie das Aufblitzen der Sporen an Kats Stiefel im schiefen Licht der Nachmittagssonne wie das Aufglänzen der Trense wie die noch unter den geschlossenen Lidern festgebrannten Lichtreifen wie die kreisrunden Felder auf den Großen Ebenen, ihr Muster wie der Holzspielzeugkasten der Tochter meiner Freundin wie der handgestrickte Pullover der Floristin wie der Wandteppich im Büro des Bürgermeisters, das Gewebe wie eng aneinander stehende Schafe bei Regen auf der Wiese wie die Falten, Beugen und Hervorhebungen meiner ausgestreckten Finger wie auf den Boden geworfene

Laken wie ein unaufgeschlagenes Zelt wie ein unaufgeblasener Heißluftballon wie das zerklüftete Gebirge auf jener verloren gegangenen Radierung, deren ausgefranste Kaltnadelstriche: wie die Ränder der Brandlöcher in der abgesessenen Chaiselongue wie Schmetterlingstrameten, Flecken oder andere Aussparungen von Sicht.»

Reisen

«Wir sollten eine Reise unternehmen», sagt der Mann, der die Beine übereinander auf den Stuhl geschlagen hat und nun mit dem Taschenmesser Spalten aus dem Apfel schneidet. Eine Reise sollen sie unternehmen, sagt er, während er eine Apfelspalte zum Mund führt und kaut, dass die Reibung der Zähne am Fruchtfleisch den Abstand zwischen den Worten füllt und den Klang der Silben bestimmt. «Wohin so», fragt die Frau, die daneben steht und mit der Handkante Fussel von ihrem Hemd streift. «Wann so», fragt sie, indem sie dabei ihre Fingernägel betrachtet. «Ich weiß nicht, Isabelle», sagt der Mann, als er seine Beine nacheinander auf den Boden stellt und aufsteht. «In eine der vier Himmelsrichtungen. Jede davon ist mir recht», sagt der Mann mit dem Kerngehäuse in der Hand. «Vielleicht nächste Woche? Am liebsten morgen», sagt der Mann, der das Kerngehäuse durchs offene Fenster nach draußen wirft. «So?», fragt die Frau, als sie ihr Haarband löst und mit den Fingern ihr Haar aufkämmt. «Wie hast du dir das denn vorgestellt?», fragt die Frau, nachdem sie das Haarband über ihre rechte Hand geschoben hat. Wie er sich das vorgestellt habe, fragt die Frau, nachdem sie das blausamtene Haarband über ihr rechtes Handgelenk gerollt hat. «Einfach losfahren», sagt der Mann, der hinter die Frau tritt und seine Hände auf ihre Schultern legt. «Und der Gutshof?», fragt die Frau, der Hände auf die Schultern gelegt wurden. Was sei damit, fragt der Mann, bevor seine Hände ihre Schultern kneten. «Na was ist wohl damit», sagt sie, während sie ihre Hände zu den Händen auf ihrer Schulter führt und diese weghebt. «Können nicht andere die Stellung halten?», fragt der Mann, während er um die Frau herumgeht und ihr in die Augen blickt. «Was denken die Menschen, was sprechen sie?», fragt die Frau. «Was sie denken, was sie sprechen», sagt der Mann. «Wie dem auch sei. Dazu ist es noch zu früh», sagt die Frau beim Verlassen des Raums.

Staubkörner

Zum Zeitpunkt, da das hintere linke Bein auf die trockene Erde trifft, befinden sich die restlichen Beine in der Luft. Das vordere rechte Bein liegt in der Waagerechten, sein Huf zeigt nach hinten, während das hintere rechte und das vordere linke Bein der Bewegung des hinteren linken Beins folgend sich zum Boden hin bewegen. Zum Zeitpunkt, da diese beiden Beine auf den Boden treffen, löst sich von ebendiesem das hintere linke Bein und steigt, wie sich das Knie beugt, in die Luft. Zum selben Zeitpunkt, da die beiden Hufe die Erde berühren und der Staub nur so in die Höhe schießt, löst sich das vordere rechte Bein aus der Schwebe und sinkt ebenfalls auf den Untergrund ab. Hierauf stoßen sich das hintere rechte und das vordere linke Bein von diesem ab und steigen in die Höhe, während das hintere linke Bein bereits zum Stehen gekommen ist, indes landet kurz darauf das vordere rechte Bein einzeln, wie zuvor das hintere linke Bein auf der staubigen Erde, nur um sich sogleich wieder von dieser abzustoßen.

Jetzt schweben alle vier Beine Staubkörnern gleich in der Luft.

Die Erklärung eines vergessenen Umstandes

«Er hatte es sich nicht erklären können ...»

Er habe es sich nicht erklären können, noch habe er es zu beschreiben vermocht. Er habe nicht gewusst, wo er mit Worten hätte ansetzen können, geschweige denn, wo er hätte ansetzen sollen. «Geschweige denn», verschwieg er sich, was er sich zu erklären vermocht, was er zu beschreiben gewusst hätte? Welche Erscheinungen seien als Zeichen zu deuten und welche Zeichen ernst zu nehmen gewesen? Solcherlei sei ihm eigentlich nicht fremd und er sei darin nicht ungeschickt gewesen, im Gegenteil hätte er immer gewusst, was wie zu deuten sei, indem er sich einer Sache nicht bewusst und ihr daher entsprechend sicher gewesen sein konnte, indem er eine Sache gar nicht hätte zu beschreiben brauchen. Darin habe seine «Stärke» gelegen – aber auch seine Schwäche, hätte er von sich gesagt, hätte er von sich sprechen müssen. Darin habe seine Sprache gelegen, hätte er gesagt, hätte er von sich gesprochen, nicht sprechen zu müssen, geschweige denn, sprechen zu wollen und dabei nichts zu verschweigen.

Er musste «unaufmerksam» gewesen sein. Denn er habe eine Sache nicht «bemerkt». «Etwas» musste er übersehen haben. Etwas musste ihn nicht aufmerken gelassen haben, das ihn für gewöhnlich hätte aufmerken lassen. Wahrscheinlich habe er über den üblichen Teppich an Erscheinungen und Handlungen hinweggesehen und habe darin die Hervorhebungen ignoriert.

Er habe eine bestimmte Sache nicht wahrgenommen oder habe das Wahrgenommene bereits wieder vergessen.

Er wusste nicht, wie es hatte dazu kommen können, dass Isabelle mit einem Gewehr vor ihm stand.

Sie habe ihm befohlen zurückzutreten.

Er sei daraufhin zurückgetreten.

Sie habe ihm befohlen, das Land der Farantheiner zu verlassen. Er habe geantwortet: «Ich gehe.» Und er sei zum Transporter gegangen.

Später wurde gesagt, er habe die Transportertür «entschlossen zugeworfen». Es wurde gesagt, dass das Zuwerfen der Transportertür noch «meilenweit» zu hören gewesen sei. Obschon niemand, der später davon berichtete, das Geräusch der zugeschlagenen Transportertür nachzuahmen vermocht hätte, schien in dieser Sache Einigkeit zu herrschen. Man wusste, die Tür des Transporters sei entschieden zugeworfen worden. Wenngleich einige später sagten, dass die Tür zugeschlagen worden sei, war man sich einig darin, dass diese Bewegung entschlossen ausgeführt und dass das darauffolgende Geräusch noch meilenweit zu vernehmen gewesen sei.

Dennoch habe Isabelle keinen Meter von Kat entfernt in den Sand geschossen. Auch das habe man meilenweit hören können.

Kat habe sogleich wieder die Tür geöffnet. Sogleich, sagt man, sei er eingestiegen und habe, sagt man, sogleich die Tür – wieder entschlossen – zugeknallt. Freilich müsse es sich dieses Mal um die Fahrertür gehandelt haben, während es davor vielleicht die Beifahrertür gewesen sei.

Sicher sei es nicht die Heckklappe der Ladefläche des Transporters gewesen. Sogleich habe er den Wagen gestartet und sei sogleich losgefahren. Nur sei er, sagt man, nicht sogleich wieder zurückgekehrt. Und auch nicht sobald. Eher sagte man: «Wochen später.»

Der Wind

«Der Wind blies über die weite Ebene.»

Er bläst von den südlichen Felsvorsprüngen bis zum nördlich gelegenen Gebirge. Über die weite Ebene bläst der Wind. Der Wind zischt durchs trockene Gras, knistert im Laub, kratzt an der rauen Erde und pfeift durchs lose Geröll. Er gräbt sich unter die Steine und zwängt sich zur selben Zeit zwischen die Sandkörner, wirbelt diese auf und trägt sie davon. Der Wind trägt den Sand über die weite Ebene. Sand fliegt, vom Wind getragen, über die weite Ebene. Wer den Wind hört, hört, wie sich die Luftmassen an den Enden der Ebene, an den Gebirgsausläufern reiben, hört, wie die dürren Sträucher rascheln, wie das eben noch herumliegende Geäst vom Wind über die trockene Ebene geschleift wird, wie das leichte Gehölz vom Wind holpernd, leer mit sich geführt wird.

Wer auf dem Vorbau seiner Holzhütte am Fuße des Gebirges sitzt und seine Stiefel reinigt, hört nicht nur, wie das dichte Rosshaar Leder bürstet, er hört darüber auch, wie sich die Stützen des Vordachs leicht biegen. Er hört das Knarren der Hüttenwand und das Schaukeln des unter dem Dach hängenden Blumentopfes. Ferner hört er die Türangel kreischen und kurz darauf die Tür zuknallen. Er hört das Umfallen des Eimers, das Aufschwappen und

Ausfließen von Wasser und den verzögerten Knall vom Zerspringen der auf den Boden gestürzten Vase. Schließlich hört er hinter sich das Rütteln seiner ganzen Behausung. Wer auf dem Vorbau seiner Holzhütte sitzt und seine Stiefel reinigt, blickt nun auf die Scherben der Vase und über die weite, vor ihm ausgerollte Ebene. Er sieht die Luft trüben und die Wolken sich zu schwarzen Bergen auftürmen. Wer auf dem Vorbau seiner Hütte die Stiefel reinigte, zieht diese jetzt an, steht auf und geht in die Hütte.

Er hört die Sandkörner gegen die Fensterscheiben regnen. Er hört die Decke knarzen und geht ins kleine Schlafzimmer. Unter dem Bett greift er nach einer Schachtel Kerzen, doch hört er sogleich, wie der Wind bereits durch die Rahmen der Schiebefenster in den Raum pfeift. Er legt die Schachtel auf das Bett und eilt in die Küche. Hinter dem kleinen Esstisch greift er nach Holzbrettern, aus einer Schublade holt er Nägel und einen Hammer. Wer eben noch auf dem Vorbau saß, läuft nun, Holz und Werkzeug in den Händen zum Fenster, stützt sich gegen das Brett, das er vor das Fenster hebt und hämmert es fest. Vier weitere Fenster hat er noch zu verbarrikadieren. Er läuft ins Schlafzimmer und holt, nachdem er das dortige Fenster versperrt hat, die Kerzen ins Wohnzimmer, stellt sie auf den Tisch. Er läuft in die Küche. Durchs kleine Kippfenster über dem Gasherd sieht er den blauen Himmel. Der Wind schallt durch den Raum. Nachdem er das Kippfenster verrammelt hat, läuft er zurück ins große Zimmer und verbaut die beiden restlichen Fenster. Nach dem Verklingen des letzten Hammerschlags zündet er eine Öllampe an und stellt sie neben die Kerzen auf den Tisch. Im Schrank klirren das Geschirr und andere Gegenstände.

Der eben noch auf dem Vorbau saß und seine Stiefel reinigte, sitzt jetzt am Tisch und wartet auf den nahenden Sturm.

Wer auf den Sturm wartet, wer bereits die Fenster verbarrikadiert und einen Lichtvorrat bereitgestellt, wer den Docht der Öllampe entflammt und sich auf einen Stuhl gesetzt hat und zu den verkleideten Fenstern blickt mit ihrem aufscheinenden Rand, der steht nun auf – nachdem er die Geräusche auf dem Dach als Schritte beschrieben hat, das Trommeln des Sandes wie unerwarteten Besuch an der Tür klopfen ließ – und geht zum kleinen Stapel Bücher, die er sich aus der Bibliothek von Frühwassersüßsprünge ausgeliehen hat. Er greift nach dem obersten Titel und beginnt zu blättern. Alte Fotografien zeigen eine kleine Ortschaft aus verschiedenen Perspektiven, darunter auch Luftaufnahmen. Zwei Kirchen, das kleine Verwaltungsgebäude, ein Fernmeldeamt, der Park mit dem Springbrunnen, Kakteen und Pferdekutschen. In einer kurzen, einleitenden Chronik liest er, dass der «Gründervater» eine Frau gewesen sei, Sandra Steehn, und dass ihre Nachfahren noch immer in jener Gegend lebten. Auf den letzten Seiten findet sich auch ein kleiner Hinweis zum Weinberg der Farantheiner. Auf einer Fotografie erkennt er Farantheiner. Er ist viele Jahre jünger, als er ihn gekannt hat. Farantheiner trägt einen Sonnenhut tief im Gesicht, über den Lippen einen schmalen, doch recht dichten Schnauzer. Er blickt direkt in die Kamera. Zu seinen beiden Seiten stehen je ein junger Mann und eine junge Frau. Die beiden blicken ebenfalls in die Kamera, sehen aber im Gegensatz zu Farantheiner etwas abgearbeitet aus. Kräftig gebaut schauen sie müde in die Kamera, lächeln. Die drei stehen zwischen Reben, die vom Blickpunkt der Kamera aus in die Anhöhe flüchten. Der Himmel reicht nicht ins blasse Bild, aus den harten Schatten und den zugekniffenen Augen aber lässt sich der Schein der Sonne herauslesen. Die Bildlegende spricht von einem «Pionier». Wenige Seiten weiter findet sich eine ähnliche Abbildung, sie ist aber den Kleidern der Abgebildeten nach deutlich älter und zeigt einen älteren und einen jungen Mann. Anstelle der Reben schwebt über ihren Köpfen ein großer, weißer Kreis, den der junge Mann an einer Schnur festhält, die weiter auf den Boden führt und an der eine kleine Kiste befestigt wurde. Die Bildunterschrift spricht von einem gewissen Abraham J. Friedrikstad, auch er ein «Pionier». Im Fließtext folgen meteorologische Erläuterungen und eine frühe Wetterkarte der Gegend ist ebenfalls abgebildet. Es ist die Rede von seltenen Winden, wie sie begünstigt durch die lokale Topografie in jener Gegend in bestimmten Monaten häufig auftreten würden.

In der Küche schellt derweil der Löffel, scheppert das Besteck. Eine Emailtasse fällt auf den Boden.

Wer auf den Sturm wartet, legt das Buch zurück und greift an seiner Stelle nach einem Band über wilde Speisepflanzen. Er hört einen Teller auf den Boden schlagen.

Wer auf den Sturm wartet, hört nun auf zu warten. Die Schritte auf dem Dach sind das irre Stampfen einer Pferdeherde. Das Prasseln der Sandkörner ist das helle Donnern einer Fliegerstaffel, das Knarzen im Gebälk ist der Blitz, der in einen Baum fährt, worauf das Flackern der Öllampe zum tosenden Brennen des Waldes wird. Das Rascheln der schlecht verputzten Wände ist ein Branden, ein Brodeln und Krachen. Die Nägel hinter den Wandbildern röhren in Ober- und Untertönen und die Befestigungsdrähte schallen auf, dass es Trommelfelle auseinanderreißt.

Das Umblättern einer Seite ist das Rauschen des Blätterwaldes.

Und durch alle Öffnungen heult der Wind und orgelt auf dem Haus seine Fugen.

Als Kat die Öllampe zudrehen will, hat sie ein Windstoß erfasst und zu Boden geworfen, es gelingt ihm gerade noch, die Flamme auszulöschen. Er begibt sich ins Schlafzimmer, zieht die Decke vom Bett, legt sie darunter und sich darüber. Unter dem Metallrost wartet er darauf, dass es wieder still wird.

Bourbon

«Im Licht der Scheinwerfer erkannte er ...»

Er parkierte den Wagen und trat durch die Tür unter der Leuchtschrift «Empfang» hindurch. Im kleinen, von grünen und weißen Streifen austapezierten Zimmer stand ein Stuhl mit abgewetztem Sitzpolster. Daneben lag ein Telefonapparat auf dem Teppich. Auf dem Arbeitstisch leuchtete eine Tischlampe mit grünem Lampenschirm. Kat verließ das unbemannte Zimmer wieder und ging draußen an den Türen vorbei. Ab und zu sprach er mal etwas lauter, mal etwas leiser eine Begrüßung und eine Frage in die Nacht. Ab und zu ging er an nackten Glühbirnen vorbei, die auf Kopfhöhe neben den Zimmertüren befestigt in die Waagerechte schienen. Dass ihre Drähte eine Strichfigur in der Art eines Strickmusters auf seiner Netzhaut hinterließen, ärgerte ihn. Auch der Umstand, dass immer noch niemand im Empfangszimmer aufwartete, wo sich scheinbar auch draußen nichts bewegte.

Das Schlüsselbrett war ohne Schlüssel, doch die Zimmer sahen unbelegt aus, die Parkplätze waren leer. Ob das Motel vorübergehend geschlossen war?

Kat rüttelte an einem Türknauf, klopfte gegen die Tür.

Er rüttelte an weiteren Türknäufen und fragte immer wieder laut, ob jemand da sei.

Er ging um das Gebäude herum und als er ein weiteres Mal anklopfen wollte, spürte er eine Hand auf seiner Schulter. Er drehte sich um. Vor ihm stand ein kleiner, rundlicher Mann. Die beiden grüßten sich. Kat erkundigte sich nach einem Zimmer und deutete das Umdrehen und rasche Davongehen des Mannes als Antwort. Er folgte ihm zum Empfang.

Im Licht der Scheinwerfer erkannte er –

Kat saß auf der Bettkante. Er streifte seine Stiefel aneinander ab und knallte sie nacheinander gegen die Wand. Er legte sich auf den Rücken und blickte zur Decke, nur um sich wieder aufzusetzen und zur Wand zu schauen. Sein Blick wanderte über die weiße Tapete und fiel auf den Heizkörper. Er zählte die Rippen und behalf sich dazu seines Zeigefingers, da seine Augen Mühe hatten, nach einer Handvoll vertikaler Linien, diese weiterhin deutlich auseinanderhalten zu können. Immer wieder war er sich unschlüssig, ob er jene Rippe nun bereits dazugezählt hatte oder nicht. Er empfand diese Situation als Kränkung. Er hätte bloß aufstehen und die Rippen des Heizkörpers von Hand abzählen müssen, doch sträubte es sich in ihm: «Wie peinlich, gegen einen Radiator zu verlieren», sagte er und zählte weiter. Jedesmal kam er auf ein neues Ergebnis und stand also auf, griff nach einem Stiefel und knallte ihn gegen den Heizkörper. Er «ließ sich aufs Bett fallen». Doch zuvor holte er aus seiner Tasche eine Flasche Bourbon. Auf dem Rücken liegend schraubte er den Verschluss auf und setzte zu einem kräftigen Schluck an, der sich jedoch über sein Gesicht schüttete. «Nicht genug damit», fluchte Kat und trank endlich von der Flasche. «Jetzt kam er auch noch zurück, als hätte er nichts dazugelernt.»

Kat trank weiter aus der Flasche. Dass er das Summen einer Mücke hören konnte, schien ihm «verdächtig», doch das süße Feuer schmeckte. Die körperliche Unrast legte sich unter eine leichte Müdigkeit. Das Verlangen, tatkräftig einer Sache zu begegnen, egal welcher, ließ nach und mit ihm auch das Gefühl ihrer Unvermittelbarkeit. War es nicht, dass er die Sache, die er nicht bezeichnen konnte, die ihn aber begleitete, oder eher, der er nachging, durch keine Handlung aus dem Weg räumen konnte? Dieses Gewicht ließ nach, doch nicht, indem er es weggestoßen oder abgeschüttelt hätte, vielmehr, indem es sich verlagerte. Oder etwa nicht?

Kat stand auf und ging durch das kleine Zimmer zum Fenster. Dabei sagte er: «In seinem Leben hatte Kat schon einige Fehler gemacht.» Aber habe er das wirklich gerade eben gesagt, dachte er. Er legte die Hand in den Nacken und den Kopf in die Hand. Unsicher machte er einige Schritte zur Seite, um darauf einige weitere Schritte zur anderen Seite zu gehen. Er drehte sich um und schloss seine Augen. In der Absicht, in die Dunkelheit zu spucken, spuckte er gegen die Fensterscheibe, nein: Er drehte sich zurück und ließ sich abermals aufs Bett fallen: «Wer hätte gedacht, dass –»

Inzwischen waren ihm die Vorhänge viel zu speckig, wobei ihn nicht die Farbe oder Oberfläche des Stoffes störte. Ihn störte, dass er sich überhaupt über die Inneneinrichtung seines angemieteten Zimmers ein Urteil machen musste.

«Na, klar», rief er aus und trank. Der Schnaps war einfach zu rund und zu sanft, als dass dieser ihm nicht weitere Worte zuflüsterte.

Er rollte sich vom Bett auf den Boden und robbte zur Fensterdekoration. Beim Herunterreißen des Stoffes rutschte ihm der Ellbogen weg und Kat sackte zwischen die Vorhänge, die Vorrichte fiel ihm dabei auf den Rücken. In der Absicht, durch eine rollende Bewegung sich aus dem Stoff zu befreien, rollte er sich in die Vorhänge hinein. Kat rief: «Er erinnerte sich an ihren Duft, ihren Gang und ihre zarte Haut» und rollte sich zu beiden Seiten. Einem Fisch gleich, der sich in einem Netz verfangen hat, verfing er sich immer tiefer im Vorhang, je stärker er sich bewegte. «Doch auch in Menschenmengen fühlte er sich einsam», sagte er und stand auf: «Und wie! Seit dieser langen heißen Nacht erkannte er sich selbst kaum wieder.» Das Tuch rauschte auf den Spannteppichboden.

Im Licht der Scheinwerfer erkannte er –

Er ließ die leere Flasche neben sich in den Sand fallen.

«Keine kalte Dusche, kein Alkohol und auch keine anderen Frauen. Er hatte alles versucht.»

Hinter den Bäumen sah er ein Licht. Seine Füße tasteten sich nackt durch die Dunkelheit. Er streckte die Arme aus und zeigte immer wieder mit dem Finger zum Licht. Seine Beine wurden mit jedem Schritt leichter, doch der Untergrund wurde wackelig, schwebend. Er wusste nicht, ob er langsam lief oder schnell ging. Als erfuhr er dadurch Genaueres, sprach er: «Das Duschen und das Betrinken hatte er ausgiebig getestet.» Er redete von einem «früheren Kat» und einem «neuen Kat» und tastete sich weiter durch die Dunkelheit.

Die Bäume hatte er bereits hinter sich gelassen, doch schien er dem Licht keinen Meter näher gekommen zu sein. Er lauschte der staubigen Erde, die seine Füße aufwirbelten. Dass er hier draußen keine Zikaden hörte, schien ihm merkwürdig. Er drehte sich zum Motel um, doch der Lichtpunkt verschwand nicht aus seinem Blickfeld.

Im Licht der Scheinwerfer erkannte er –

Kat warf die Sporttasche auf den Boden und griff dem Mädchen an den Hintern. Er zog das Mädchen zu sich.

«Die gut gebaute Blondine in seinen Armen.»

Die Blondine lag auf dem Bett, lag in seinen Armen, lag am Boden, stand hinter ihm, stand über ihm.

Kat stand am Fenster.

Lag am Boden.

Saß neben der Blondine auf der Bettkante.

Lag unter ihren Füßen.

Im Licht der Scheinwerfer erkannte er –

Mit einer ausholenden Armbewegung schlug er die Gläser, die Bourbonflasche und einen Teller vom Tisch. Er sagte: «Er wusste nicht, wovon er sprach.» In der Ferne brachen die Wolken auseinander, Kat hörte ein Sommergewitter. Im Aufstehen wollte er den Tisch umwerfen, doch schlug dieser gegen die Wand und landete auf seinen Füßen. Kat griff unter die Kante und zog den Tisch zu sich. Er sagte: «Er schleuderte den Tisch gegen die Wand.»

Kat griff nach der Flasche und lief zur Tür hinaus. Im Hinausgehen hörte er wiederholt das Zerbrechen von Glas.

Mit dem Handrücken versuchte er, sich das Schwindelgefühl aus dem Gesicht zu wischen. Er versuchte es ein weiteres Mal mit dem ganzen Unterarm. Hinter ihm schien das Zimmer auf die Sukkulenten, Sträucher und Steine neben den asphaltierten Parkplätzen. Die Tasche über der Schulter, die Stiefel in der Hand ging Kat zum Wagen. Der kleine Mann kam von der Seite auf ihn zu und sprach von der Steppe. Sie gingen nebeneinander her. Kat warf die Tasche auf die Ladefläche des Transporters und der kleine Mann sprach von der zu begleichenden Zimmerrechnung. Kat ging um den Transporter herum, einige Schritte hinter ihm lief der kleine Mann auf ihn zu, blieb an Ort und Stelle, als wäre er bloß eine Figur im Fernseher.

Nachdem Kat eingestiegen und losgefahren war, lief der kleine Mann im Rückspiegel noch immer an Ort und Stelle auf ihn zu.

«Zugegeben, sie hatten alles ein bisschen überstürzt und das Pferd sozusagen von hinten aufgezäumt, doch es geschahen ständig seltsame Dinge auf der Welt.»

Kat stoppte den Wagen unter einem astlosen Baum und zog sich die Stiefel an. «In seinem Leben», sagte er, «hatte Kat schon einige Fehler gemacht.»

Er stieg aus dem Wagen und holte die Reisetasche. Er legte sie auf den Beifahrersitz und fuhr weiter. Mit der rechten Hand öffnete er den Reißverschluss. Er blickte in die Tasche: «Aber dieser war bestimmt mit Abstand der Schlimmste.»

Als Kat am Horizont die Lichter der Großstadt sah, überlegte er, ob er gleich zum Spielcasino fahren oder erst in ein Schnellrestaurant einkehren sollte.

In einem Pub bestellte er ein Stück Fleisch und frittierte Kartoffeln, dazu eine Limonade und ein Milchgetränk. Am Nebentisch fiel überraschend häufig das Wort «Investment» oder «investieren», so genau hörte Kat nicht hin, doch empfand er eine eigentümliche Spiegelung beim Klang dieser Wörter. Die zwei jungen Männer führten ein angeregtes Gespräch. Vielleicht Arbeitskollegen? Einer der beiden schien erfahrener oder erfolgreicher in seinen Tätigkeiten zu sein. Er ergriff häufiger das Wort, auch dann, wenn er dazu die Rede seines Gegenübers unterbrechen musste. Sein Anzug war aus feinem Stoff und passgenau geschnitten.

Ob ihrer Aufmachung und ihrem lauten Gespräch wurde Kat wieder ungeduldig. Sein Kopf schmerzte, seine Haut war ein Korsett und schnürte ihn ein, anstatt ihm Zugang zu verschaffen, fühlte Kat sich abgelöst. Er hätte gern Teil gehabt, an irgendwas, doch war er bloß abgeschlagen. Wenn er doch hinaustreten oder wenigstens noch etwas wachsen könnte, dachte er. Wie lächerlich doch sein Körper sei, alles so selbstverständlich ausformuliert, gerade die Gliedmaßen, aber insgesamt sei er doch nur unschön, unelegant, gerade, was die Bewegungen betreffe. Der komische Umstand, nicht aus dieser Haut oder wenigstens Umkleide heraustreten zu können, ließ Kat beinahe rasend werden.

Das Essen beruhigte etwas, der Körper hatte zu tun, auch wenn Kat diese Vorgänge kaum spüren konnte. Gern hätte er die Verdauung gesehen oder, besser noch: Er hätte gern mit den Händen verdaut, anstatt seinem Körper bloß Nahrung zuzuführen und dann teilnahmslos dazusitzen, kaum hatte er gekaut und heruntergeschluckt. Sich selbst zudienen zu müssen, empfand er als Erniedrigung. Und hätte er sich die Nahrung verweigert, hätte er dieses ganze Verhältnis nur verschärft. Wenn er es recht bedachte, so machte ihn diese Abhängigkeit geradezu wahnsinnig. Andauernd stünde man sich selbst in der Schuld und sei sich dabei seiner selbst nicht einmal richtig sicher. «Soweit ist's her mit der Freiheit», rief Kat und schlug mit der Faust auf den Tisch.

Die beiden Arbeitskollegen wandten sich kurz nach ihm um und fielen sogleich wieder in ihr Gespräch.

Kat musste sich Raum verschaffen. Wenn er schon nicht aus sich heraustreten könne, so wenigstens aus dieser Lokalität hier, sagte er zu sich und verließ die Bar.

Als es auch draußen nicht bessern wollte, ging er wieder hinein und setzte sich zurück an seinen Platz. Er verstand die Gesichter der beiden. Eben hatten sie noch über ihn gefeixt und fühlten sich nun ertappt, das zeigte ihr versteinerter Ausdruck. Kat wollte die beiden bereits angehen, versuchte sich dann aber mit dem Beobachten der Landstraße zu beruhigen. Trotz dem schummrigen Licht war der Pub zu stark beleuchtet, als dass Kat in der Scheibe nicht die Spiegelungen der beiden sehen konnte. Ihre Münder bewegten sich, als sei nichts gewesen, sie feixten immer noch über ihn. Da! Sie lachten.

Er habe sich den beiden doch schon zu verstehen gegeben, dachte Kat und drehte sich um. Kaum fühlten sich die beiden beobachtet, verstummten sie.

Kat blickte zurück ins Fenster und wieder zu den beiden. Na? Wenn er ins Fenster schaute, sahen sie zu ihm rüber, zeigten gar auf ihn –, bis er sich zurückdrehte. Wenn es doch nur anders wäre, dachte Kat und schob sich auf seinem Platz hin und her. Die beiden machten also bereits die Bedienung auf ihn aufmerksam, dachte Kat, als er sah, wie der eine seine Hand hob. Wenn diese Affen mir bloß nicht so im Weg stünden.

Kat stand auf und ging zum jüngeren Arbeitskollegen hinüber, griff nach dessen halb ausgetrunkenem Glas und leerte den Inhalt über seinen Kopf. «Leute wie ihr!» Noch im selben Augenblick erhob sich der ältere Kollege und griff nach Kat, der sich jedoch leicht bückte – der andere griff ins Leere – und ihm die Faust von unten her ins Gesicht schlug. Darauf raufte er sich mit dem jüngeren, wurde aber alsbald durch einen schweren Schlag auf den Hinterkopf im weiteren Randalieren gestoppt. Der Wirt hatte ihm einen Schläger über den Kopf gezogen. Kat taumelte und drehte sich um nach dem Bareigentümer. Als dieser Kats Gesicht erkannte, folgte anstelle eines zweiten Schlags eine Umarmung. Der Wirt erkannte seinen alten Kameraden. Wenn er das gewusst hätte, sagte er und entschuldigte sich bei den beiden Herren, denen er ihre bisherige und alle weitere Konsumation offerierte, er sprach von Missverständnissen.

Die Unrast hatte sich in Kats Körper wieder und bis auf Weiteres gelegt. Bei einem Bier hörte er den Ausführungen des Wirtes zu. Weniger das Erzählte, so doch die Klangfarben und der Rhythmus, in denen dieser erzählte, verursachten in ihm ein durchwegs behagliches Gefühl:

«Neulich kam ein Videofilm-Vertreter ins Lokal. Er hatte diese Art, du weißt schon, und er sprach, du weißt schon wie. Aber er war jung und motiviert, also gab ich ihm eine Chance. Er sah natürlich, dass wir nicht den neuesten Fernseher haben und wollte mir sogleich ein größeres Modell verkaufen, versprach mir auch ein schärferes Bild. Ich erklärte ihm, dass wir das Gerät nur einsetzen würden, wenn ein Spiel lief, doch da wies er mich natürlich mit mitgebrachten Tabellen und Zeichnungen auf Studien hin, die belegen würden, dass mehr konsumiert würde, wenn die Kiste flimmert. Ich nickte oder so. Aber er ging noch weiter und empfahl mir also, zu diesem Zweck ein Videoabspielgerät zu kaufen, er denke da bereits an ein bestimmtes Modell. Er sprach auch von Kerngeschäft. Ich könne dann selbst, unabhängig vom aktuellen Programm bestimmen, was ich zeigen wolle. Er lieh mir natürlich ein Gerät mitsamt einem neuen Fernseher und einer Kiste voller Videokassetten, die ich mir am nächsten Morgen beim Inventarisieren des Bestands anschaute. In der ersten Sendung wurden Passanten im Park oder auf offener Straße dabei gefilmt, wie sie Opfer von kleinen Scherzen und Schabernack wurden. Eine Frau auf einem Rad zog einen manipulierten Kinderwagen hinter sich her, den sie irgendwie über ihre Bremse loslösen konnte. Natürlich fuhr sie am Ufer eines Teichs in eine Kurve und zog am Auslöser, woraufhin der Anhänger ins Wasser weiterrollte. Aus unterschiedlichen Perspektiven wurden die entsetzten Gesichter und herbeieilenden Passanten gefilmt. Ich frag mich einfach, wer fährt schon Fahrrad, verstehst du? Sicher nicht mein Klientel. Wie seltsam auffällig sie überdies an diesem Auslöser zog! Erst jetzt begriff ich, dass das Sendeformat darauf aus war, tonlos abgespielt zu werden und keiner Erläuterungen bedurfte, was sich mit jeder Episode in immer übertriebenerer Gestik zeigte, bis das Gezeigte schließlich zu einer reinen Aneinanderreihung von kurzen, übergestikulierten Handlungsanweisungen wurde, wobei die Gesichter sich in solcher Weise verzerrten, dass sie deutlich ihre Züge zugunsten eines reinen Zeichens verloren. Eine Frau hielt eine Schaufel in die Kamera, deutete auf eine Stelle hinter sich auf dem Sandstrand, ging hin, hob eine kleine Grube aus und grinste dabei unentwegt. Ein Mann mit glücksverzerrtem Mund baute in seinen Aktenkoffer einen zweiten Boden ein. Ein anderer zog sich die Arbeitskleider eines Eisverkäufers über. Kinder steckten sich Zuckerwatte in den Mund. Eine junge Frau malte sich eine Zahnlücke auf ihre Vorderzähne. Und so fort. Diese Sequenzen sollten wohl in mir ein kurzweiliges Glücksgefühl auslösen, doch befremdeten sie mich mit jedem Bild mehr, so dass ich plötzlich Schwierigkeiten hatte, mir die gezeigten Protagonisten als nur vorübergehende Schauspieler vorzustellen und sah sie in ihren anderen Lebenslagen dieselben Figuren sein. Beim Einkaufen, Frühstücken, Zähneputzen. Aber auch beim Sex hatten sie dieselben überzeichneten Züge im Gesicht. Ihre ganze Lebenswelt beschränkte sich dabei für alle Zeit auf genau nur dieses eine Gerät, das mir in den Pub gestellt wurde, also auf den neuen Fernseher und das Videoabspielgerät. Diese Sichtweise vermieste mir noch den ganzen weiteren Tag. Ich konnte gar nicht mehr richtig Zeitung lesen, verstehst du, Kat? Als ich vom Rücktritt eines Direktors aus der Industrie las, unweit von hier entfernt übrigens, so trat dieser aber nicht auf dem Firmengelände von seiner Stelle zurück, sondern im Wirtschaftsteil der Zeitung. Genau wie die Filmfestspiele im Kulturteil und nicht in den Filmsälen eröffnet wurden oder die Eishockeymannschaft im *Sport* einen bemerkenswerten Sieg erkämpfte. Noch einige Tage ging das so weiter und ich wollte die Tageszeitung gar nicht mehr lesen, der dumme Vertreter hatte mir die Lektüre vergrault, bis sich schließlich ein schweres Unglück ereignete. Der Fernbus, du magst dich sicher noch erinnern? Das geschah hier auf der Landstraße, keine Meile entfernt. Und doch hatte ich selber nicht viel davon mitgekriegt, natürlich die Gäste, man sprach darüber. Aber in der Zeitung, da hielt ich es in den Händen und hatte erst noch die Bilder vor mir. Das Geschehen war viel näher, verstehst du? Ich entsann mich dann auch eines Films, den ich gesehen hatte. Oder wars ein Buch gewesen? Jedenfalls sah ich deutlich vor mir das dunkle Gesicht eines jungen Mannes, der eine Glastür aufstößt. In einer Kaffeebar setzte er sich an einen Tisch. Neben ihm stand eine Topfpflanze. Mit einem Kopfnicken bestellte er sich den kurzen Kaffee, den ihm die Frau zusammen mit der Tageszeitung servierte. Er leerte das Heißgetränk mit einem Schluck. Als kurz darauf hinter dem Tresen ein Teelöffel im Glas aufklirrte, verließ er die Kaffeebar bereits wieder. Ich erinnerte mich weniger an den Konflikt, in den dieser Mann verwickelt oder dem er ausgesetzt gewesen war, umso mehr erinnerte ich mich aber an die Miene, mit der er diesem begegnete. Vielleicht noch immer wegen diesen Videokassetten? Ganz so, als hätte er seine eigene Lage grundsätzlich missverstanden, reagierte er in jeder Szene mit einer für den Leser erstaunlichen Gesichtsbewegung. Geriet er in Gefahr, senkte er den Blick und seine Wangen entspannten sich. War er gar in äußerster Not, fielen ihm die Augenlider zu und er wandte sich vollständig ab; worauf sich die Not ihrerseits jemand anderem zuwandte. Das Paar vom Inkasso-Büro fiel rücklings von der Feuerleiter auf ein falsch parkiertes Auto. Die Hände, mit denen ein fetter Typ ihn in der Bar würgte, verkrampften sich in derselben Art, wie sich die Stirn des jungen Mannes zusammenzog, sodass der fette Mann von ihm abließ und mit einem stummen Schrei zu Boden ging. Am Eingang einer Bibliothek jedoch bleckte der Protagonist seine Zähne und fauchte in die Luft. Im Stadtpark zuckte er abwechselnd mit beiden Augenbrauen. Beim Durchblättern der Zeitung schob er seinen Unterkiefer vor, seine Augen weiteten sich und seine Halsmuskulatur spannte sich. Er atmete schwer, wenn er eine Wanduhr erblickte, entspannt und gleichmäßig, wenn er von jemandem verfolgt wurde. Und er ging immer wieder in dieselbe Kaffeebar. Der Besuch dauerte jeweils gleich lang, doch wurde er unterschiedlich lange dargestellt. Als er nach seinem letzten Besuch aus der Tür trat, verzerrte sich sein Gesicht in schnellen Abständen, sein Körper sackte zusammen und er fiel zu Boden. Dennoch hinderte dies die Erzählung nicht anzudauern. Sie zeigte den reglosen Körper und schilderte, wie die Umgebung langsam dämmerte und wie sich die blauen und roten Lichter einer Leuchtschrift auf seinen Körper legten. Es war, wenn ich mich recht entsinne, auch die Rede vom Verkehrsbrausen, das anschwoll. Oder vielleicht wurde auch einfach langsam der Straßenlärm eingespielt. Und darüber hörte man das Klacken von Stöckelschuhen und sah die Schatten von Passanten über den daliegenden Körper ziehen. Das Bild verblieb noch lange in dieser Einstellung, bis es schließlich erneute dämmerte, ein neuer Tag anbrach und das Bild langsam ausgeblendet wurde. Gewisse Teile dieser kurzen Geschichte sah ich als bewegte Bildsequenzen, andere lediglich als Seiten in einem Buch. In einem Moment trat der Protagonist aus dem Gebäude, im nächsten Moment hieß es aber: Er tritt aus dem Gebäude. Die Topfpflanze war ein Wort, der Stadtpark war ein Bild und die Lichter waren wechselweise Worte und Bilder. Ich sah in der Erinnerung gesprochene Bilder. Die Worte aber hörte ich in Bildern. Es gab einen Fluss, an dessen Ufer der Protagonist sich durchs Dickicht einen leichten Abhang hinunterkämpft. Es ist Herbst, die Äste tragen kaum mehr Laub und so sieht man ihn in seinem abgetragenen, dunklen Anzug und seinem fleckigen Hemd durch ein feinmaschiges Gewebe aus Ästen tasten. Er keucht. Der Atem stiebt ihm weiß aus dem Mund. Da blickt er sich um. Es ist der einzige Augenblick der Erzählung, in dem sein Gesicht von einem deutlichen Schrecken erfüllt ist. Seine Beine verfangen sich im Unterholz und er droht zu fallen. Die Arme hält er sich vor den Kopf und doch peitschen die Äste in sein Gesicht. Streicher setzen ein, ab und zu hörst du tiefe Paukenschläge und aus der Ferne vielleicht ein Horn. Dann endlich gelangt er zum Fluss. Er stützt sich auf den Knien ab, atmet tief durch, blickt zurück und springt ins Wasser. Er schwimmt zur anderen Seite und zieht sich an Land. Danach verschwindet er im grauen Buschwerk. Obschon in der Geschichte unerwähnt, rief sie mir jedes Mal, wenn ich mich an sie erinnerte, das Bild des frierenden Protagonisten zurück. Es gab eine Zeit, da durchsuchte ich gar die Bibliotheken und Filmarchive nach jenem Film oder Buch. Da ich aber weder Titel noch Autor kannte, blieb die Suche erfolglos. Ich zweifelte immer mehr an meiner Erinnerung, sie wurde zu einem Erlebnis, von dem man nicht weiß, ob man sich nur aufgrund der erhaltenen Fotografien daran erinnerte, zu einer wiederkehrenden Phantasie, die sich mit jedem Erinnern weiterspann. Vielleicht war sie im Ursprung nur eine Werbung, eine Filmvorschau oder eine Buchrezension gewesen.»

Kat nickte. Die Spiegelungen in der großen Glasfront entspannten ihn.

Rückkehr

«Genau in dem Moment hörte sie Schritte auf dem Flur.»

Aus dem Arbeitszimmer habe sie den Namen des Kochs gerufen, sagte Isabelle. Als eine Antwort ausgeblieben sei, habe sie versucht, die Schritte, die sie vom Flur gehört habe, dem Schuhwerk des Kochs zuzuordnen. Es habe sich jedoch kein Bild eingestellt. Vielmehr habe sie schnell bemerkt, dass es nicht die Schuhsohlen des Kochs gewesen seien, die auf dem Flur das Parkett betreten hätten. Das Auftreten habe kräftiger und zugleich hohler geklungen. Auch sei die Person auf dem Flur schneller gegangen als Pousy. Wo sich dieser doch immerzu bemühe, möglichst keinen Laut zu erzeugen. Ja, er könne seine Präsenz zugunsten einer Art Verschwindens oder wenigstens äußerer Abwesenheit verschleiern. Er schatte sich gewissermaßen selber ab, ginge immer im Schatten, den er warf. Was sie jedoch vom Flur vernommen, die Geräusche, die sie gehört habe, hätten überhaupt nicht nach Pousy geklungen.

Er sei noch nie mit einem Koch verglichen worden, habe denn auch die Stimme aus dem Türrahmen gesagt. Daraufhin sei Isabelle in und aus sich gefahren. Sie sei aus ihrem Sessel hochgesprungen und im Raum auf und ab gegangen. Direkt in der Tür sei Kat gestanden und habe noch Sattel, Zaumzeug und eine dunkle Sporttasche getragen. Er habe sie «Kleines» genannt und den Sattel von der Schulter auf den Diwan geschwungen und das Zaumzeug auf den Boden fallen lassen. Sie haben erst seinen Namen gesprochen und ihn dann geohrfeigt. Vielleicht habe sie auch erst geohrfeigt und dann seinen Namen gesprochen. Nicht nur, wie er sie genannt habe, überhaupt die Art, in der er sich einfach in den Raum gestellt habe, sei eine einzige Provokation gewesen. Er hätte auch einen Apfel essen oder eine Papierrose falten können, sie hätte ihn am liebsten rücklings aus dem Raum und die Treppe hinuntergestoßen. Wie in der Zuneigung, so falle es ihr auch in der Abneigung schwer, in Worte zu fassen, was es letztlich gewesen sei. Ja, nicht «etwas» habe sie gestört, sondern alles an ihm, die ganze Person. Er habe sie gestört und sie habe sich über ihn aufgeregt. Dass er seinen Körper dazu aufgespielt habe, seine erhobene Brust, das sei alles andere als imponierend gewesen, ganz und gar lächerlich sei es gewesen. Er habe wohl gedacht, dass eine gewisse physische Bedrohung ihr schmeicheln würde oder sie sich ihm unterwerfen ließe.

Er habe ihr eröffnet, dass er wieder «zuhause» sei. Nicht nur habe sie ihm deshalb erklärt, dass dies noch nie sein Zuhause gewesen sei, sie habe ihm auch mitgeteilt, dass er in diesem Haus nicht mehr erwünscht sei. Er solle nicht hier sein, habe sie gesagt. Statt zu gehen, habe er sie bloß gefragt, ob man so mit seinem Ehemann spreche. Er habe aber allem Anschein nach keine Antwort erwartet und wollte bereits weitersprechen. Da habe sie ihn unterbrochen und erklärt, dass sie nur auf dem Papier verheiratet seien. «Du wolltest nie wiederkommen», habe sie gesagt. Er habe aber gar nicht recht hingehört. Er habe sein Versprechen gebrochen, habe sie ihn angeschrien. Auch darauf habe er nicht reagiert und sei stattdessen nähergetreten. Er habe wohl gedacht, das sei lustig und sei an sie herangetreten. Er habe wohl gedacht, das sei frech, als er mit der Hand durch ihr Haar gestrichen sei. Tatsächlich habe sie dies nicht angewidert, doch sicher irritiert. Sie habe ihn erst von sich stoßen wollen, habe dann jedoch mit gesenkter und klarer Stimme gesagt, dass er sie ihn Ruhe lassen solle. Da habe er einen Schritt zurückgemacht und sie habe ihm gesagt, dass er nicht einfach so auftauchen könne. Er könne sehr wohl, habe er gesagt und sei wieder nähergetreten. Sie habe einen Schritt zurückgemacht, worauf er wiederholt habe, dass sie beide verheiratet seien. Wieder habe sie ihn auf ihre Abmachung hingewiesen und darauf, dass er diese gebrochen habe. Wieder sei er nähergetreten. Wieder sei sie zurückgetreten. Da sei sie gegen den Schreibtisch gestoßen. Als er ihr nur einen Fingerbreit gegenüberstand, habe sie sich endlich bedroht gefühlt. Wie das klinge, «endlich», aber darauf sei er nur aus gewesen. Und wie er wohl gemerkt habe, dass sie sich bedroht gefühlt habe, sei er sogleich zurückgetreten. Er ziehe ein, habe er gesagt. Die Regeln hätten sich geändert, habe er gesagt. Etwas ungelenk habe er die Sporttasche fallen gelassen und sie in den Arm genommen. Er habe sie «Baby» genannt, geküsst und dann den Raum verlassen.

Er sei mit über hundert Sachen die Stunde zurück zum Gutshof *gefahren*, sagte Kat. Er habe einen Entschluss und habe sich ein Herz gefasst. In seinen Gedanken habe nichts an ihrer statt Platz gefunden. Anstatt weiter diesen Gedanken zu verdrängen, habe er ihn endlich zugelassen. Er spiele keine Spiele, habe er sich gesagt, und habe weiter aufs Gaspedal getreten.

Als er den Gutshof erreicht habe, sei er zuerst zu den Pferden gegangen. Er sei ja schließlich angestellt und er habe einen arbeitsamen Eindruck auf Isabelle machen wollen. Die Reitersachen und die Sporttasche geschultert sei er dann zu Isabelle gestürmt. Er habe ihr vermitteln wollen, wie ernst er es meine und sei direkt in ihr Arbeitszimmer gerauscht. Als sie ihn Pousy genannt habe, habe er mit einem klugen Spruch geantwortet. Er sei zwar kein Spieler, aber dennoch habe er ihr zeigen müssen, dass er seiner Wiederkehr zum Trotz nicht so leicht zu haben sei. Er habe sich also lässig zur Schau gestellt, habe die Pose des Nichtposierens eingenommen, lässig sei er im Türrahmen gestanden und habe dann die Reitersachen genauso lässig auf den Boden und den Diwan geworfen. Die Tasche habe er noch immer in der Hand getragen. Isabelle habe natürlich Erschrecken und Beleidigung gemimt. Sie sei aus ihrem Sessel aufgesprungen und aufgeregt hin und her gegangen. Er habe in jenem Moment gewusst, dass er die besseren Karten gehabt habe. Isabelle habe Entschlossenheit sehen wollen, Anteilnahme, Feuer. Das sei ihm zuvor wie Fischhaut von den Lidern oder wie Lider von den Augen gefallen. Sie sei doch auch dieses Spielen um des Spiels willen satt geworden. Oder habe er das Gewehr etwa falsch verstanden? Mitnichten. Habe ihr Jähzorn etwa nicht ihm gegolten? Mitnichten. Die immergleiche Reihenfolge, mit der sie erst zwei falsche und dann den richtigen Schlüssel für die Haustür zücke. Die Stelle, an der sie ihr Parfum auftrage. Die Stelle, an der sie eine Zeitungsseite fertig lese und weiterblättere. Dass sie nach dem Händewaschen ihre Hände ausschüttle wie Handtücher, anstatt Handtücher zu verwenden. Dass sie immer erst die mitanwesende Person grüße und dann erst ihn. Dass sie ihm dann in die Augen blicke, wenn andere sprächen. Dass sie ihm dann in die Augen blicke, wenn andere schwiegen. Was sie ihm verschweige. Was sie ihm sage. Wie sie es immer wieder schaffe, ihn zum Sprechen zu bringen. Wie er, was er bisher nie gedacht habe, schließlich denke, da er spräche, was er zuvor nur gedacht habe.

Er sei also einen Schritt auf sie zugegangen. Und sie hätten über die Abmachung gesprochen, über den Vertrag. Davor habe sie ihm neckisch einen Klaps ausgeteilt, ins Gesicht sogar. Er habe ihr erklärt, dass er ihr verziehen habe. Und dass er einen Fehler begangen habe. Noch eine Weile hätten sie dann doch jenes Spiel gespielt, seien aufeinander zugegangen und wieder voneinander weggetreten. Zum Schluss habe er ihr erklärt, dass er nun bei ihr einziehe. Er habe ihr die Tasche überreicht, sie Lady genannt und zärtlich geküsst. Dann habe er den Raum wieder verlassen.

Klang. Stimme. **Isabelle.** Braut. Hochzeit. Braut. **Kat. Rihs.** Grund. Hochzeit. Männer. Urzeiten. Einzelheiten. Abmachung. **Rihs.** Braut. Hände. Rücken. **Isabelle.** Sträußchen. Rosen – Vergissmeinnicht. **Kat.** Überbringer. Blumen. Duft. Rosen. Nase. Moment. Hochzeitstag. **Farantheiner.** Brautführer. **Rihs.** Trauzeuge. Sinn. **Farantheiner. Isabelle. Rihs.** Anzug. Hochglanz. Stiefel. Gegenteil. **Rihs.** Schlenker. Hut. Dank. Madam. Morgen. **Kat.** Entscheidung. Rückzieher. Ehevertrag. Rihs. Ehe. Fehler. Ausweg. **Isabelle.** Hinweis. Freund. Tragik. Leben. Name. Frage. Antwort. **Isabelle.** Lächeln. Freunde. Liebespaar. Tür. **Kat. Samuel Überton.** Friedensrichter. **Rihs. Samuel. Isabelle.** Frisur. Make-up. Kleid. Kleid. Spitze. Seide. Oberteil. Ärmel. Rock. **Kat.** Jungfrau. Leben. Perlenkette. Hals. Kette. Mutter. Geschäft. Hochzeitsnacht. **Kat.** Bedingung. Nacht. Kuss. Nacht. Antwort. Frage. **Kat.** Vorstellung. Geliebte. Jahre. Ohren. Gefühle. Stellenwert. **Kat.** Liste. Eroberungen. Männer. Liebhaber. **Kat.** Zärtlichkeit. Kater. Tiger. **Isabelle. Kat.** Genugtuung. Nacht. Selbstzweifel. Gleichgewicht. **Isabelle. Rihs.** Tür. **Kat.** Glück. **Isabelle.** Nervosität. Mund. **Isabelle.** Blick. Anzug. Hemd. Schlips. Nadel. Onyx. Stiefel. Kinn. Mund. Lächeln. Gefühl. Magen. Schmetterlinge. Kleines. **Kat. Kat.** Kopf. Fuß. Anblick. Licht. Glanz. Hochzeitskleid. Frau. Nacht. **Isabelle.** Blick. Weite. **Rihs. Kat.** Blick. Frau. **Kat.** Antwort. Arm. Kleines. Gesicht. Panik. Idee. Hand. **Kat.** Armbeuge. Wohnzimmer. Samuel Überton. Bund. Leben. Gelegenheit. **Kat.** Augen. Kopf. **Kat.** Friedensrichter. Überton. Menschen. **Isabelle.** Zeremonie. Hochzeit. Ehe. Perlenkette. Mutter. Eindruck. Familie. Jenseits. **Kat.** Frau. **Kat.** Tragweite. Schritt. Leben. Versprechen. Tod. Augenblick. **Kat.** Isabelle. Mann. Tränen. Gefühle. Tag. Schwüre. Mann. Tod. Amt. Namen. Staat. Mann. Frau. Freund. Braut. Überton. Jahr. **Kat.** Isabelle. Arme. Lippen. Kuss. **Isabelle.** Mund. **Kat.** Augen. Kuss. Rihs. Glückwunsch. Samuel Überton. Papiere. **Isabelle. Kat.** Hand. Urkunde. Unterschrift. **Rihs.** Flasche. Champagner. Anlass. **Pousy.** Kuchen. **Kat. Isabelle.** Hunger. Frage. Blick. Raubtier. Hunger. Nahrung. Durst. **Kat.** Reisetasche. Kleiderständer. Dank. **Rihs. Kat.** Tür. Braut. Freund. Hand. **Kat.** Transporter. Eile. Frischvermählten. **Samuel Überton. Kat.** Wagen. **Reifen. Kies. Kat. Straße. Himmel. Hotels.**

Der mögliche Ablauf einer bevorstehenden Tat

Noch vor Tagesanbruch werde er von hinten über die Böschung zu den Stallungen gefahren sein. Er werde vor der kleinen Baumgruppe mit seinem Transporter und Anhänger von der Straße abgebogen und über die nasse Wiese gefahren sein. Von den überrollten Gräsern werden dabei die Wassertropfen unter die Karosserie gespritzt haben. Dabei werde auch Regenwasser, das während der nächtlichen Schauer ins Erdreich gekrochen sei, unter dem Druck des Fahrzeugs an die Oberfläche gepresst und zusammen mit der losen Erde durch die Beschleunigung der Räder ebenfalls unter die Bodengruppe des Wagens geschleudert worden sein. Die Wiese werde immer schlammiger und in dieser Weise auch immer träger zu befahren gewesen sein, und so werde es später nicht verwundern, dass die Reifen schließlich in jener mittlerweile unförmigen Masse gesteckt geblieben sein werden. Das heiße, sie werden durch das Gewicht der Karosserie in die nasse

Wiese, die zu jenem Zeitpunkt nur noch ein grasbewachsener See gewesen sein werde, abgesunken sein und sich nicht Kraft der Motorleistung aus diesem Schlamassel wieder würden hinausbefördern können. Ganz im Gegenteil werden sie im Schlamm umgewühlt und wiederholt durchgedreht haben. Durch fortwährendes Abbremsen, Umschalten und Anfahren werde der Transporter schließlich weiter und bis auf den lehmigen Grund hinter die Scheune gelangt sein, worauf sich die Fahrertür geöffnet haben und der Pferdedieb aus dem Wagen gestiegen sein werde. Vorsichtig werde er die Türe hinter sich zugestoßen und sich umgeschaut haben. Er werde zum Stall geblickt und diesen eindringlich gemustert haben. Er werde dann zur Straße und hinüber zu den Bäumen geschaut haben, hinter denen er über den dunklen Reben die schwache Morgenröte erblickt und sich dabei über die Schulter gefasst haben werden. Auf der Ladefläche werde er nach dem Zaumzeug gegriffen haben und werde, dieses in der Hand, geduckt und im Schutz der Scheune zum Hintereingang des Stalls gelaufen sein. Lehm werde sich dabei an seine Schuhsohlen gehaftet haben, worauf später die Abwesenheit dieser mitgetragenen Erde als unverwechselbare Spur des Profils seines Schuhwerks gelesen werden würde. Den Rücken gegen das Tor des Pferdestalls gepresst, werde er nach dem Holzstift, der den Riegel in der Halterung blockierte, gegriffen, diesen aus dem Schaft gezogen und lautlos auf die Erde gelegt haben. Er werde mit beiden Händen unter den hüfthohen Holzbeschlag gefasst, in kleinen Schritten rückwärts gehend das Tor nach sich gezogen und den Stall geöffnet haben. Mit einem schweren Stein, der dazu bereits am unteren Eck des aufgeschlagenen Tors gewartet habe, werde er dieses davon abgehalten haben, vom Eigengewicht zugestoßen worden zu sein. Er werde in den dunklen Stall geschaut haben, vielleicht das leise Schnauben oder Blasen von Pferden vernommen haben, und in diesen eingetreten sein. Er werde zu einer Pferdebox gegangen sein, unter dem Eisengitter den Verschluss zur Seite geschoben haben und zum Pferd in die Box getreten sein. Danach werde er die mit Beruhigungsmittel angereicherten Zuckerwürfel aus seiner Hosentasche geholt und mit der hingestreckten, flachen Hand dem Pferd zum Fraß angeboten haben. Von der Seite her werde er sich nach einer Weile dem Pferd genähert und ihm mit der zur Kuhle geformten Hand den Rücken geklopft haben. Er werde die Kette vom Stallhalfter gelöst und sanft auf den Boden fallen gelassen haben. Von den Nüstern her werde er dem Pferd die Zügel über den Kopf geworfen und danach den Halfter gelöst haben. Mit dem einen Arm werde er die Nase umfasst und die andere Hand werde er zum Mund geführt haben. Darob werde er die Trense über die Nase gezogen und den Daumen in die Maulspalte geschoben haben. Die Kiefer werde er dazu auseinandergedrückt haben. Dann werde er das Gebiss in das geöffnete Maul geführt und die Trense nach oben und über die Ohren gezogen haben. Er werde den Nasenriemen unter die Backenstücke geschoben und die Trense verschnallt haben: Die Finger der rechten Hand werden den Keilriemen gezogen haben, während mit dem Daumen der Dorn durch das Loch geführt und gegen den Bügel gepresst worden sein würde. Die linke Hand werde die Trense gerüttelt haben, worauf die rechte Hand nach dem Sperrriemen gegriffen und ihn nach außen gezogen haben werde.

Zu jener Zeit werde die linke Hand sogleich zur Schnalle geschossen sein und mit Daumen und Zeigefinger den Dorn durchs Leder und auf den Bügel geführt haben. Um den Halt des mitgebrachten und dem Pferd schließlich aufgezäumten Zeugs zu überprüfen, werde es vom Pferdedieb einmal kurz nach jeder Seite gezogen worden sein.

Womöglich werde der Pferdedieb an jener Stelle noch eine kurze Weile die Wirkung der Beruhigungsmedikamente abgewartet haben und zu diesem Zweck werde er womöglich in einer Ecke der Pferdebox mit ineinander verschränkten Fingern in die Hocke gegangen sein. Etwa zu jener Zeit werde er dann aber bemerkt haben, dass er die Zügel im Transporter vergessen habe, weshalb er wieder aus der Hocke hochgeschossen sein und einen stillen Fluch gesprochen haben werde. Er werde die Box vielleicht verlassen und sich im Stall nach einer Leine oder einem Seil umgesehen haben. Seine Augen werden über Boden, Wände und Sparren gewandert sein, bis sie neben dem Eingang einen nachlässig über den Gertenhalter gelegten Führstrick entdeckt haben werden, den er wenig später am inneren Trensenring einhängt haben werde. Schließlich werde er an diesem Zügel das schläfrige Tier aus dem Stall zum Anhänger seines Wagens geführt und ihn am Griff der Ladefläche befestigt haben. Zurück am Tor des Pferdestalls werde er über den Boden gebückt nach dem Türstift gesucht haben. Seine Finger werden über den durchs zu tief eingehängte Holztor gekerbten Boden getastet haben, bis er hinter der Scheune Geräusche vernommen haben werde. Sich nichts, dir nichts werde er zum Transporter zurückgespurtet sein und sich hastig an der Rampe des Pferdeanhängers zu schaffen gemacht haben. Hastig werde er den Riegel umgeklappt oder die Sicherungskette des Kastenverschlusses entplombt haben. Die Geräusche werden indes seine Finger schnell und ungenau bewegt haben, zitternd werden sich die Hände wiederholt am Verschluss abgemüht haben, bis sich sodann die Kette lösen und auf den Boden fallen werde. Während sich der Pferdedieb abermals fluchend nach der Sicherung gebückt haben werde, werde der Hengst durch das nervöse Tun in seiner Schläfrigkeit gestört worden sein und sich mit einem leisen Wiehern bemerkbar gemacht haben. Hierauf werden die unbestimmten Geräusche hinter der Scheune zu eigentlichen Lauten geworden sein. Stimmen werden gefragt haben, ob da jemand sei, Stimmen werden gefragt haben, wer da sei und Stimmen werden dem, der da sei, befohlen haben, zu antworten. Dieselben Stimmen werden auch des Pferdediebes bereits mürbe Behutsamkeit endgültig zerschlagen haben und seine Hände ungeduldig nach dem Pferd gegriffen haben lassen, wobei die eiligen Bewegungen, welche die Stimmen dem Pferdedieb in die Hände getrieben, seine Ungeduld über Zügel und Trense dem Pferd übertragen haben werden. Aus dem leisen werde ein lautes Wiehern geworden sein. Wie die Zügel das Pferd, werde das Wiehern die Stimmen von der Scheune weg und zum Pferdestall gezogen haben. Aus den Stimmen hinter der Scheune werden Stimmen aus dem Pferdestall geworden sein. Zu jenem Zeitpunkt werde der Pferdedieb das Tier endlich über die heruntergelassene Rampe auf den Transporter geführt haben. Die nahenden Geräusche werden die Sorge um die eigenen Geräusche vertrieben haben. Er werde sich nicht mehr darum geschert haben, ob ihn jemand höre. Nachdem er die Rampe wieder hochgezogen und verriegelt haben werde, werde er schließlich in den Transporter eingestiegen und über die Böschung hinunter zur Straße gefahren sein.

Die Rufenden werden dem Motorengeräusch gefolgt und durch das offenstehende Stalltor nach draußen gelaufen sein. Sie werden am Fuß jener Anhöhe einen Transporter mit Anhänger hinter den Bäumen verschwinden gesehen haben. Später werden sie bezeugen, dass der Wagen, der am Ende der Straße angehalten worden ist, derselbe Wagen sei. «Die rufenden Erntehelfer werden unsere Zeugen sein», sagte Kat.

Was aber, wenn der Pferdedieb keinen Holzstift liegengelassen haben werde, fragte Rihs.

Wenn also der Pferdedieb, nachdem er die Geräusche vernommen haben werde, vor dem Holztor ein letztes Mal nach dem Holzstift getastet und diesen plötzlich in den Fingern gehalten haben werde? Wenn er sich aufgerichtet und mit den Füßen den schweren Stein vom Tor weggeschoben haben werde? Wenn er das Tor zugestoßen und den Stift in den Riegel des Holzbeschlags geführt haben werde, sagte Kat, dann werde die Schilderung des Geschehens durch die Erntehelfer umso wichtiger sein.

Was aber, fragte Rihs, wenn diese gar nicht erst verdächtige Geräusche vernommen und in der Folge gar keinen Transporter oder Pferdewagen davonfahren gesehen haben werden? Wenn die Arbeiter weder berichten werden, in der Frühe hinter der Scheune einen davonfahrenden Transporter gesehen, noch überhaupt irgendwelche Geräusche gehört zu haben? Wie würden sie dann dem Verdächtigen den Diebstahl anlasten? Vorerst würden sie ihn also nicht einmal den Pferdedieb nennen können.

Das stimme, sagte Kat.

Wenn also der zu Beschuldigende sich lautlos bewegt haben werde, wenn er zu jenem Zweck gar nicht erst in Schuhen zur Tat geschritten sein werde, wenn er viel eher barfuß aus dem Transporter gestiegen sein werde und wenn er diesen, den Transporter, gar nicht erst bis hinter die Scheune gefahren haben werde, wenn er vielmehr – nachdem der Wagen im Morast steckengeblieben sei – aus diesem klanglos ausgestiegen und geräuschlos zur Scheune, ja, geschwebt sein werde, wenn er sich ruhevoll, oder eher still, durch das offenstehende Tor bewegt und in der Pferdebox dem Hengst allerlei beruhigende Leckereien verfüttert haben werde, wenn er gelassen diesen nach draußen geführt haben werde und wenn dieser ihm geruhsam gefolgt sein werde – Und das Klacken der Hufe durch den Korridor des Pferdestalls?, fragte Rihs. Sicher! Wenn der zu Beschuldigende also dem Hengst, bevor dieser barhuf aus der Box in den Korridor gestiegen sein werde, nicht nur ein Sedativ verabreicht, sondern wenn er den Hufen auch eine Art Schuhe oder Stiefel übergezogen haben werde, dass vom Pferd keine Geräusche zu vernehmen sein werden, dann werde es tatsächlich kein Leichtes werden, den zu Beschuldigenden tatsächlich beschuldigen, geschweige denn, ihm seines Vergehens überführen zu können. Gerade deshalb werden sie gezwungen sein, ihn auf frischer Tat zu ertappen.

Nun gut. Aber vielleicht werde er ja sowieso Komplizen haben, die dann am Tatort aufkreuzen würden? Sollten sie nicht doch lieber den Sheriff kontaktieren?

Ja, genau, der zu Beschuldigende habe ein ganzes Pack seinesgleichen. An der Zahl seien das sechs Weiber: Eine

Geheiratete, eine Geschwiegerte, eine Liebschaft und drei Gezeugte. Sein bescheidenes Auskommen müsse für den ganzen Klan reichen. Wenn ihm nun das Geld ausgehe, so müsse er sich um zusätzliche Einkünfte bemühen. Und wenn er sich um zusätzliche Einkünfte bemühe, so würden ihm die Frauen dabei helfen.

Noch vor Tagesanbruch werde der zu Beschuldigende mit einem Anhänger voller Frauen die Böschung hochgedonnert sein. Selbstverständlich werde der Anhänger ob soviel Last im Morast steckengeblieben sein und die Räder des Transporters werden sich an Ort und Stelle einer Winde oder einem Spinnrad gleich durchgespult haben. Der zu Beschuldigende werde also durchs heruntergekurbelte Fenster mit der flachen Hand auf das Dach des Transporters geschlagen haben, worauf die vielen Frauen mit ihrem lockigen, dunklen Haar vom Anhänger gesprungen und ausgeschwärmt sein werden. Mit zu den Knien hochgezogenen Röcken werden die einen hinter den Anhänger und die anderen hinter den Transporter gestürmt sein und sich in Stellung gebracht haben. Sie werden das jeweilige Heck unter dem Stoßfänger gepackt und auf einen weiteren Schlag auf die Karosserie angehoben und gestoßen haben. Zur selben Zeit werde der zu Beschuldigende aufs Gaspedal getreten und weitergefahren sein. Die Frauen werden ihre Röcke wieder bis zu den Knien angehoben haben und ihm gefolgt sein. Ihre spitzen Absätze werden dabei wiederholt in der Brühe steckengeblieben sein, eine werde gar in der pfuhlartigen Pampe einen Schuh verloren haben – ein Beweismittel! Der zu Beschuldigende werde sodann den Wagen auf dem lehmigen Platz hinter der Scheune abgestellt haben und ausgestiegen sein. In genau jenem Moment würden die Spuren entstanden sein, welche er, Kat, bereits nach dem letzten Pferdediebstahl beobachtet habe. Keuchend würden sie dann den zu Beschuldigenden eingeholt haben. Auf ein Zwinkern seines rechten Nasenflügels hin werden sie zum Hintertor des Stalls gehuscht sein. Einige werden indes zur Scheune gelaufen sein, um die Rufenden nach dem Weg zu fragen, während bereits die restliche Bande drei benommene Pferde aus dem Stall und auf den Anhänger geführt haben werden. In einem vollbesetzten Transporter und mit einem mit Frauen und Pferden vollbelegten Anhänger würde der zu Beschuldigende sodann lachend davonfahren – ja, sie würden ihnen das Handwerk legen müssen.

Angesichts

«Dass wir uns so von vorn nach hinten in die Erscheinung geben, von Angesicht zu Angesicht und nicht von Hinterkopf zu Hinterkopf, die Gesichtspflege, die Haare, Wimpern, Lippen – vom ewigen Einander-in-die-Augen-Schauen sind wir Sportwagen gleich von vorn nach hinten durchformuliert, dem Fahrtwind entgegen, den die anderen sind. Was sehe ich aber mit? In der Brust den Rücken, in den Knöcheln die Handinnenfläche, im Schienbein die Waden, im Postkartenmotiv die von Hand beschriebene Rückseite, im Gesicht den Hinterkopf – Aber sehe ich im Hinterkopf wirklich auch das Gesicht, sehe ich die Augen, die Nase, den Mund mit? Immer angesichts fällt es leicht, vom Mitgesehenen zu sprechen, vielleicht also auch die abgewandte Seite immer angesichts?»

Isabelle schaute zu, wie sich ihre Finger unter den harten Kragen gruben, diesen hochklappten, ihm entlang tasteten und ihn schließlich vorsichtig umschlugen.

Vom Familienwappen, das an der linken unteren Seite des Revers steckte, blickte sie zur Leinenhose und fuhr ihren Blick der Falte entlang zu den Füßen. Sie griff sich hinter den Kopf unter das Haar, hob es in raschen Bewegungen an und ließ es fallen. Sie schüttelte ihre Hände und fuhr dem Haaransatz nach hinten. Dabei schaute sie sich in die Augen.

«Genau so.»

Sie trat einen Schritt zurück.

«Im Unterschied zu Kat weiß ich wenigstens darum. Er denkt sich gern frei. Ich muss niemandem was, sagt er dann vielleicht. Letzthin sprach er mich auf meine Hose an, wie elegant und gleichzeitig auch bequem sie ausschaue, meinte er. Genau das, gab ich ihm zur Antwort. Wenn ich ein wichtiges Treffen hätte, würde ich meine Bluse bloß etwas über den Hosenbund fallen lassen und schon sähe es nur noch elegant aus. Ein wichtiges Treffen, lachte er. Er müsse niemandem was, sagte er. Deshalb putzt er ja so gern seine Stiefel, weil er niemandem was muss.»

Isabelle richtete die Gürtelschnalle aus und drehte sich zur Seite. Sie verlagerte ihr Gewicht aufs eine Bein und streckte das andere durch. Während sie an ihrem Oberteil zog und sich dieses leicht spannte, betrachtete sie ihren Rücken. Schließlich drehte sie sich zurück, klopfte ihre Kleidung ein letztes Mal zurecht und verließ den Raum.

Später dachte sie von sich, wie von einem Freund oder einer Freundin. Habe sie überstürzt gehandelt, sollte sie mit ihm reden? Kat nannte sie einen unerwünschten Gast, doch sie grüßte ihn, als sie ihm in der Küche begegnete. Mit seinem Namen wohlverstanden. Nun halte er sich für charmant, sagte sie und sprach nicht mit ihm. Für unwiderstehlich, und schlug die Zeitung auf. Hübsch, und blätterte um. «Tja, da würde er sich noch wundern.»

Als Kat ihr Kaffee eingoss; das Heben der Tasse, der Blick an die Wand, der Blick aus dem Fenster: Auf einmal wandte sich das eben noch Gedachte in der Art einer umgeblätterten Seite um und legte ein weiteres Gefühl frei, das zwar aus dem Gedachten heraus fortdauerte, jedoch durch ebendiesen Schnitt sichtbar werden konnte. So sei es nicht schwierig gewesen, nun die Absichten hinter, oder was heiße schon hinter, aus diesen Handlungen herauszulesen, doch so seltsam das klingen möge, dachte Isabelle bei sich, so erscheine es ihr, als wären nicht nur Kats Verrichtungen – immerzu all diese Hände überall – geplant und, vielleicht nicht vorhersehbar, so eben doch noch vor ihrem Vollzug bereits ausgeführt und gerade deshalb gar nicht vorherzusehen, sondern bereits sich selbst vorweggenommen. Und als geschähe aber auch diese Vorwegnahme bloß in der Folge auf einen unsichtbaren Grundriss eines durch ihr Aufeinandertreffen hergestellten Raums. Als wäre also ihr ganzes Spiel, seine unzulänglichen Zuneigungsunterwerfungen (die ebenso danach fragten und sich davon nährten, nicht beachtet zu werden), ihr Blick, die mühsame Aufrechterhaltung des durchgestreckten Rückens im Sitzen, aber auch das harte und doch zugleich weich durchs halbaufgeschobene Schiebefenster hereinfallende Morgenlicht, der Schattenwurf der Staubhäufchen auf dem Esstisch und genauso auch die Meldungen und Anzeigen in der Zeitung, als wäre dies alles bloß eine Treppe wiederkehrender Ereignisse, deren Tritte sich auflösten, kaum seien sie bestiegen worden und dessen Ereignisse je einander einen ebensolchen Tritt bedeuteten. In Isabelle stieg ein Gefühl von Enge auf, tatsächlich «steige» es «in» ihr auf, dachte sie. Denn nicht jener Sachverhalt, den sie nun immer deutlicher als jene ewige, sich selbst stützende Treppe vor sich sah, war es, der sie eingrenzte. Nicht, dass sie beide wie Puppen ein kleines Häuschen ausschmückten, wie andernorts abertausend andere Puppen andere Häuschen ausschmückten, im Gegenteil habe dieser Gedanke etwas durch und durch Befreiendes gehabt, nein, die Enge rühre vielmehr aus einem ganz anderen Bild, das auf jene Gedanken unweigerlich gefolgt sei: Zwei Menschen stünden an der Straße, die sie sogleich überqueren würden. Einer der beiden war von Selbstbewusstsein und Selbstbestimmtheit nach Art einer Gusseisenpfanne vollends ausgeformt. Eine unerschütterliche Zuversicht war nicht nur Folge dieses ihn bestimmenden Wesensmerkmals, sondern mit diesem gleichsam mitgegossen. Die andere indes glaubte nicht nur nicht an die Möglichkeit, durch ihr eigenes Handeln ihre Zukunft wenn nicht bestimmen so wenigstens mitgestalten zu können, ihr sei überhaupt jeder Glaube abhanden gekommen oder gar nie mitgegeben worden. Dennoch, und so würde jenes Bild schließen, dennoch würden beide erst zu beiden Seiten blicken, bevor sie die Straße überquerten. Dabei, und deshalb habe dieses Bild wohl jene Enge in ihr ausgelöst. «Deshalb» würden sich beide erst einen Überblick verschaffen, um sich dann nicht in eine Gefahrensituation zu begeben. Wie man eben sage: «Um nicht Gefahr zu laufen ...»

Vielleicht sei es nun dieser Ausdruck gewesen oder einfach der Umstand, dass sie sich habe ausdrücken können und darüber das Eingießen des Kaffees zu einer Stelle in einer Erzählung oder einem Film hätte werden können, jedenfalls sei nun auch jenes einengende Gefühl verblasst.

Der Verlauf der Farben

Vielleicht sei der Halfter auch bloß ein zusammengeknotetes Hanfseil gewesen, das vor den Stallungen neben einer Benzinlache stumm auf den Boden gefallen sei und deren Farben die folgenden Töne gespielt hätten: Durch Obsidian und Hämatit ritt einsam der Reiter seinen Schimmel, tiefblau schimmerte er auf von der auf ihn einprasselnden Dunkelheit, Ansätze von Indigo und grünem Quarz, bisweilen flammten seine Augen auf – Zyan – und hinter sich her zog er eine petrolfarbene Fährte. Was mit dieser in Berührung kam, verwandelte sich zu einem Wald aus Veilchen, doch war das nicht der Grund, weshalb der Reiter durch diese dunkle Gegend ritt. Er stand in der Schuld und seine Gläubigerin kannte keine Geduld, auch nicht für lose Versprechen. Dem Schuldner folgte eine kleine Reiterarmee mit Schwertern bewaffnet aus Elfenbein, die Krieger trugen in Perlmutt gefasste Rüstungen. Sie waren ihm wenige Pferdelängen auf den Hufen. Nur in einen farblosen Chiton aus Flachs drapiert, war der Reiter jedoch deutlich leichter, sein Pferd schimmerte kräftiger und so konnte er seinen Vorsprung ausbauen. Die Farbklänge, die sein Schimmel hinter sich herzog und in die unmittelbare Umgebung übergingen, verstellten die bereits grellen Töne der Reiter, pfuschten ihnen ins lustige Schimmern des Perlmutts und versperrten ihre Sicht. Schnallen, Trensen und Riemen funkelten ihnen den Blick aus den Augen und schon ritten sie wahllos durchs Laub, das nur noch aus Veilchen bestand. Ehe sie sich versahen, ritten die Krieger über eine Klippe – während der Reiter das offene Feld erreichte – und knallten in die Wolken, worauf sie zu allen Farbtönen ausliefen. Und immer schimmerte über alldem die Innenseite einer ausgewaschenen Austernschale.

«Pousy hat alles für dich warmgestellt»

«Als ich aufblickte, stand Kat im Eingang zum Esszimmer. Er hat mich gegrüßt und ich habe diesen Gruß erwidert. Er hat mich gefragt, ob ich hungrig sei. Zur Antwort schilderte ich ihm in kurzen Sätzen meinen Tag. Ich schloss mit der Bemerkung, dass ich zwischen all den genannten Ereignissen nicht einen Bissen gegessen hätte. Daraufhin fragte er mich, ob ich Lust auf Hähnchen und Kartoffeln hätte und forderte mich auf, ihm zu folgen. Ich schloss meine Augen, seufzte und folgte ihm in die Küche, wo ich mich an den Tisch setzte und er mir den Teller hinstellte. Er schenkte sich Kaffee ein und sagte: ‹Pousy hat alles für dich warmgestellt.› Hernach wollte er mehr über das Geschehen erfahren, das meinen Tagesverlauf bestimmt hatte. Als ich weiter über die Abfolge der Geschehnisse sprach, begann er, meinen Nacken zu massieren. Ich schloss meine Augen.

Oder hatte er meinen Nacken massiert?

Als ich aufblickte, sah ich Kat im Eingang stehen. Er sagte, ich hätte ihn gegrüßt, worauf er zurückgegrüßt habe. Er habe mich gefragt, ob ich Hunger hätte und ich hätte ihm erzählt, dass ich den Morgen im Arbeitszimmer zugebracht hätte und am Mittag zu den Reben gefahren sei.

Dort hätte ich für den restlichen Tag mit den Weinbauern verhandelt, bis ich schließlich wieder nach Hause gefahren sei. Das hätte ich ihm alles erzählt, erzählte er mir nun. Er sagte, schließlich hätte ich gesagt, dass ich dabei nichts gegessen hätte. Er habe mich gefragt, ob ich gern Hähnchen und Kartoffeln essen möchte und ich hätte meine Augen geschlossen, geseufzt und geantwortet, das klänge fantastisch. Er sei auf mich zugekommen und habe mir einen Teller hingestellt. Sei ich ihm nicht in die Küche gefolgt? Jedenfalls habe er sich Kaffee eingeschenkt und sich dabei – er zeigte über seine Schulter – an die Anrichte gelehnt. Er habe mir beim Essen zugeschaut und mir dann den Nacken massiert.

Hatte er? Und hatte ich?

Ich würde aufgeblickt haben und würde Kat gegrüßt haben, er würde meinen oder ich würde seinen Gruß erwidert haben. Wir würden später gemeinsam gegessen haben und so fort stellten sich mir die Zeiten eher wie Möglichkeiten ein. Doch nicht mit der Kraft eines Auswegs oder eines Wunsches, sondern als bereits gewesene Wünsche, ihren Erwartungsraum bereits durchschritten und in ihrem, auch bloß innerlichen, Aussprechen ihre Möglichkeit bereits ausgeschöpft. Als hätten wir in nur wenigen Tagen ein Leben gelebt. Und natürlich hatten wir das. Zumindest ein mögliches. Früher wunderte ich mich über die andere Person, die das Gegenüber in der eigenen Abwesenheit sein konnte. Oder eher, ich ärgerte mich darüber, dass man dieser Person nicht begegnen konnte, ja, ich fühlte mich betrogen vom Gegenüber, wie es mich also mit sich selbst betrog. Nun aber wünschte ich mir mehr davon und natürlich konnte es nicht wirklich ‹mehr› sein. Aber ich merkte erst jetzt, dass mein Gegenüber genau davon lebte, dass unsere Beziehung von unseren je in des anderen Abwesenheit gelebten Lebens gespeist wurde – indirekt. Ich wünschte mir plötzlich mehr Widerschein und weniger Blendlicht, schimmern, statt leuchten, und wusste gleichzeitig auch, wie lächerlich dies klang. Dasselbe galt für das Sprechen, wobei die Verhältnisse da gewiss gerade andersherum lagen. Ich konnte es erst gar nicht aushalten, direkt angesprochen zu werden: Immer redeten alle mit mir, als wäre ich nicht eine andere gewesen. Und nun ärgerte ich mich über das Verweisen auf den Ursprung des Gesagten, als ob es diesen geben würde. Als ob es sich nicht Wort für Wort ins Freie bewegte, indem es auf ihn zusteuerte. Aber eben nicht zusteuerte, sondern eher aus einem losen, mäandernden Gang dazu trat. Daneben stand. An seiner statt, und ihm damit Stätte gab. Und so lief ich nur allzu lange einer Frage hinterher, die ihre Antwort nicht verschwieg, sondern gerade andersherum, diese überlebensgroß vor sich hertrug und alles Fragen bloß in eine stumpfsinnige Leere führte, eine Leere, die sich blendend hell ausfüllte und somit auch gar nicht wirklich leer sein konnte. So war ich – wie lange wohl? – nur andauernd damit beschäftigt, mich in eine Rolle einzufügen, die Lücke also auszufüllen, gerade und vor allem, indem ich von meinem Gegenüber das Auffüllen einer Passform abverlangte, um dann, schlimmer noch, zu glauben, dass dies der Fehler gewesen sei, wo es eben gar nicht darum geht, nicht in Formen zu denken, sondern ich doch ganz im Gegenteil dem anderen zusprechen musste, etwas zu sein, dass sich nicht sein lässt, denn was wären wir, wenn wir nicht sein dürften, was wir nicht sein können? Und wenn wir dazu bloß sein wollten, was wir nie sein könnten? Als wäre es die Aufgabe eines Menschen, an sich und nicht an seiner Sache zu arbeiten; doch davon war ich so weit entfernt, dass ein ganz anderes Gefühl – und es war ein Gefühl, ich wüsste jedenfalls nicht, wie ich es besser benennen könnte, so sind es doch Gefühle, die entgegen den meisten Annahmen unmissverständlich sind und insofern fassbar, während sich gerade Gewissheiten in ihrer Klarheit dem Tasten auf gespensterhafte Weise entziehen, wir greifen immer durch sie hindurch oder daneben – sich in mir auszubreiten begann nach Art eines Mitessers: Es ernährte sich von mir, wollte gefüttert werden, und solange ich seinem Bedürfnis nachkam, fühlte ich mich schrecklich lebhaft. Dabei waren genau jene Teile, die ich ihm verfütterte, dasjenige, das durch seine Abwesenheit einen schweren Entzug hinterließ (wo es doch gar nie da war!), sobald das Gefühl nachgelassen hatte. Also fütterte ich und wurde belohnt, unweigerlich wurde ich aber Stück für Stück aufgegessen. Mit jener beängstigenden Klangfarbe, dass sich der Parasit nicht orten ließ. Ganz sicher schlug er sich in mir den Ranzen voll. Aber was hieß schon «in mir», war nicht alles an mir vollständig draußen? Ob seit jeher oder gerade eben, wusste ich nicht. Ich wusste nur, dass ich weit draußen ging und alles, was sich äußern ließ als Schmuck auf mir trug. Ich ging soweit draußen, dass ich kaum mehr meine eigenen vier Wände verlassen konnte, es sei denn, um durch die Reben zu gehen. Während ich also am Tisch saß und mich darüber ärgern musste, wie Kat nicht einmal einen Kaffeefilter schön und richtig falten konnte, war ich plötzlich am Ende. In völliger Starre hielten die Zeiten keine Möglichkeiten mehr für mich offen. Das Vergangene lag, auch wenn es bloß gestern gewesen war, unerreichbar in der Ferne. Wenn sich zwischen uns wenigstens eine Spalte geöffnet hätte – und das Zukünftige? Es war doch inzwischen bar aller Möglichkeiten, rasend trieb ich an Ort und Stelle. Doch kann man einfach aus heiterem Himmel am Ende sein? Ich denke schon.»

Das Mädchen und der Baum

«Der Baum!», rief das Mädchen.

Von einem Baum sprach das Mädchen, indem es rief, während es durch die Reben lief. Von einem Baum rief das Mädchen, indem es sprach, so rasch es konnte, wie es einen Fuß vor den anderen stieß. Von einem Baum rief das Mädchen, indem es dessen Namen rief. Der Baum!, rief das Mädchen, während ihm das Blut in Nase, Ohr und Wangen stieg und das Haar in seine Augen fiel. Der Baum!, rief das Mädchen, während ihm die Strähnen die Sicht und die Weinstöcke das Unterhemd zerschnitten. Der Baum!, rief das Mädchen, das durch die Reben lief. Der Baum!, rief das Mädchen, dessen Schweiß aufs staubige Unkraut tropfte, der Baum, rief das Mädchen, dem das zerschnittene Hemd am Rücken klebte, der Baum, rief das Mädchen, als es durch die Reben lief.

Es sprang unter den Zaun und ging auf Händen zum Kiesweg. Der Baum!, stoben die losen Steinchen hinter ihm her.

Der Baum, spuckte und kotzte sich das Mädchen den nun ansteigenden Weg hinauf. Der Baum, zog es sich den Anstieg hoch. Der Baum, schob sich das Mädchen auf die Anhöhe.

Der Baum.

Es trat endlich auf die Straße und – Baum! – es warf Arme und Beine über die Straße. Der Baum. Es sah in der Ferne den Gutshof. Mit dem Baum verließ es die Straße, als diese in eine Kurve bog. Mit dem Baum lief es über die Wiese auf den Hasel zu. Mit dem Baum zwängte es sich durch das Gestrüpp, mit dem Baum drückte es sich durchs Gehölz.

Der Baum!, der Baum! Das Mädchen schlängelte sich zwischen den Bäumen hindurch. Der Baum, der Baum. Es stolperte über eine Wurzel und fing es sich sogleich wieder auf.

Der Baum. Das Mädchen sprintete nun. Der Baum. Es eilte durchs hohe Gras. Der Baum, der Baum. Die trockenen Halme zerfetzten ihm die Schienbeine.

Es schlug seine Arme in die Luft, da war der Gutshof.

Der Baum!

Die Straße holte das Mädchen ein und so folgte es ihr die Böschung hoch. Wieder ließ es die Kurven aus und jagte unter den Platanen hindurch, welche die Zufahrtsstraße säumten und ihr Laub wie Früchte trugen.

Der Baum! Das Mädchen schrie mit aller Kraft.

Der Baum! Es lief durchs offene Tor in den Hof.

Der Baum! Es lief durch den Hof zum Eingang.

Der Baum. Es bat das Personal um Einlass.

Der Baum. Es antwortete, wen es zu sprechen wünschte.

Der Baum. Es keuchte, als die Hausherrin erschien.

Der Baum. Das waren seine Worte, als ihm das Haar aus dem Gesicht gestrichen wurde. Der Baum. Das waren seine Worte, als es gebeten wurde, ruhig zu sein. Der Baum. Das Kind verschluckte sich. Der Baum! Es rief mit aller Kraft. Der Baum! Es schrie, als es berichten sollte. Der Baum! Der Baum! Es halte durch den Eingang. Der Baum. Es verschlug seine Stimme –

Sag mir, mein Kind, was geschehen ist, eines nach dem anderen.

Der Baum. Das Kind holt seine Sprache zurück, hat Feuer gefangen, er brennt lichterloh, wie durch Geisterhand, die Sonne muss es gewesen sein, nur sie allein, nichts anderes war darunter, noch davor, nur wir, die weit hinten im Weinberg das Wasser getragen haben, wir haben ihn an der gegenüberliegenden Talseite gesehen, es ist der einzige Baum da hinten, bevor sich der Osten in die Berge legt, durchs ganze Tal und bis zu uns hoch ist der Rauch gestiegen und hat uns unsere gefüllten Eimer wieder hinuntertragen und über das Tal hoch zum Baum tragen lassen, nur ich nicht, ich war nicht dabei, mich haben sie zu ihnen, Frau Isabelle, geschickt und als ich mich beim Anstieg umsah, sah ich, wie die anderen über die weite Ebene stürmten und als sie schon so klein waren, dass ich sie nicht mehr sehen konnte, fing es unten am Baumstamm an zu blitzen, das war das Wasser, das sie ins Feuer leerten, doch die Flammen schlugen weiter hoch.

Handle es sich beim Baum, fragte Isabelle, um eine Eiche?

Ja, gab das Kind Antwort.

Ja, nickte das Kind.

Ja, es ist die Eiche.

Zu einem späteren Zeitpunkt

Und als er aufgewacht sei, habe der Traum tief im Brustkorb eine Einprägung hinterlassen, die sich erst durch die Belanglosigkeiten des Tagesgeschehens im Verlaufe des späteren Nachmittags vollständig gelöst und in ihrer Form einer schnellen Abfolge von Bildern geglichen habe: Isabelle wird zu Rehabilitationszwecken in ein Pflegeheim gebracht, wo er sie mit Rihs besuchen geht. Das Pflegeheim wurde auf einen kleinen Berg gebaut und gleicht eher einem vornehmen Villenviertel voller Wintergärten, doch verraten ebendiese Gärten, dass hier niemand unbefugt die Anstalt verlässt. Isabelle sieht jünger und gleichsam erfahrener, älter aus. Sie trägt ihre Haare kürzer und die Locken hüpfen nur so, wenn sie geht. Doch sie geht nicht. In eine Wolldecke gerollt, liegt sie auf einem Liegestuhl. Es ist der Schmerz im Nacken, der mich hier hergeführt hat, sagt sie. Bist du freiwillig hier?, fragt Kat. Rihs blickt durchs viele Glas über den Terrassenbau in die grüne Aussicht. Nein, flüstert Isabelle. Man hält mich fest. Erst jetzt schlägt ihm Isabelles Einsamkeit mit einer Wucht in die Magengrube, dass er sich leicht krümmen muss. Er erinnert sich, dass sie sich vor Jahren zum letzten Mal gesehen haben. Und seither ist sie ganz allein gewesen, denkt er. Nach welchem Recht dürfen die hier einfach Menschen festhalten, fragt er und weiß doch bereits die Antwort: Solange sich kein männlicher Angehöriger meldet, werde ich hier gehalten, sagt Isabelle. Erst jetzt fällt Kat auf, dass bis auf das viele Glas alles aus einer früheren Zeit stammt. Der hohe Hosenbund, die pastell-ockeren Farbtöne, die spitzen Hemdkragen. Sie sind in der Zeit, in die sich Isabelle früher gern zurückwünschte. Rihs drängt. Er will die nächste

Zahnradbahn erwischen. Kat winkt ab, er wird bei Isabelle bleiben. Frau und Kinder, die er mittlerweile in der Stadt hat, sein Unternehmen, sie können alle warten. Jetzt bin ich hier, sagt Kat, und bringe dich hinaus. Die beiden spielen im ebenfalls verglasten Hof eine Runde Korbball. Kat wundert und fragt sich, was wohl die anderen Heimbewohner denken, schließlich sind die meisten wegen psychischen Gebrechen hier. Hat man nicht auch Isabelle unter der vorgeschobenen Diagnose einer «unnötigen Hysterie» im Zweisitzer hier hochgefahren? Doch niemand meldet sich.

Nun laufen die beiden zwischen üppigen Agaven und Kakteen den Steilhang hinunter. Der Terrassenbau im Rücken. Kat weiß nicht so recht, reichte es bereits, sich als Isabelles Ehemann auszugeben oder wie kamen sie nochmal aus der Anstalt hinaus? In der Befürchtung, dass ihre Hochstapelei gleich auffallen würde, tragen ihn die Füße das Geländer hinunter.

Hinter einem großen Felsbrocken wartet ein kreisrundes, schwarzes Loch. Eine elektronische Wendeltreppe, ja eine sich windende Rolltreppe führt die beiden in den Untergrundbahnhof. Hinter sich hören sie Schritte, sicher sind es die Pfleger. Auf der Plattform gehen in zwei Richtungen zwei Züge ab. Als die beiden sich umarmen, bevor sie je in ihren Zug steigen, wissen sie, dass ihre Liebe bis zum Lebensende gereicht hätte, hätten sie sich nur später kennengelernt.

Gerade jenes letzte Bild, oder eben, jene Empfindung und nicht jenes Bild, habe ihm während der Mittagszeit noch besonders kräftig in die Brust gestochen. Jene nicht auszuhaltende, lächerliche Zuneigung, die er beim

Abschied empfunden habe. Auf einer Zugplattform nichtsdestotrotz, wo er doch erst einmal im Leben einen ordentlichen Bahnhof betreten habe.

Als sich dieser kurze Bildreigen nach unzähligen Wiederholungen endlich gelegt hatte – und er dachte «endlich», da jene Zärtlichkeiten eine jede Form von zu tolerierender Annehmlichkeit gänzlich überstiegen hatte –, habe er an eine Stelle denken müssen, die geschrieben worden sei mit Hinsicht auf die Wirkung, Schlimmes erahnen zu lassen:

«Isabelle hielt vor dem Haus an und wollte den Gurt öffnen. Erst beim dritten Versuch bekam sie ihn auf und nahm sich vor, ihn reparieren zu lassen.»

Jemandem sein Handwerk legen

Wie lege man also einem Verbrecher sein Handwerk, fragte sich Kat. Er war mit Rihs die Szenarien eines möglichen Diebstahls durchgegangen und immer wieder zum Schluss gekommen, dass es besser wäre, den Beschuldigten «auf frischer Tat» zu ertappen. Und doch kam in ihm genauso der Wunsch auf, diesen nicht zu stellen. Würde er sich damit nicht auch selbst das Handwerk legen, indem er den anderen auffliegen ließe? War es nicht über weite Strecken kindisch, einen Menschen seiner Tat zu überführen, überdies indem man ihn vorführt? Es war doch geradezu lächerlich, aufzulauern, um dann zu sagen: «Das hast du gemacht, und das haben wir gesehen.» Oder besser noch: «Du bist im Begriff, etwas zu tun, von dem wir bereits wissen und weshalb wir dich hiermit deiner Tat überführen.» Einen Menschen, der «im Begriff ist», jemanden bloßzustellen, erschien Kat untugendhaft. Soll er doch tätig sein, dieser Mensch mit seinen Beschäftigungen. Was gab es nicht lauter andere, eifrige Ameisen, die nur ständig machten und taten, doch nicht um zu tun, sondern bloß, um beschäftigt zu tun und diesen Eifer wie einen sauberen Haarschnitt trugen. Der Junge stahl wenigstens Pferde und das war ja schon ein halbes Sprichwort. Und was bliebe danach übrig von ihm, Kat? Nur Selbstgefallen und Ekel. Er wusste inzwischen, wer die Pferde stahl. Es laut auszusprechen, gar eine List sich auszudenken, diese Vorstellung erinnerte ihn an Pausenhofspiele und in ihm kamen dabei dieselben Schamgefühle auf.

Inzwischen half es ihm, sich die Geschehnisse, aber auch die Landschaften, Objekte oder kurze Gedankenstücke laut aufzusagen, um sich aus seiner «Rolle», in der er sich immer wieder sah, hinauszuschieben und in eine einfache «Figur», vielleicht einer Erzählung oder eines Films, hineinzulegen. Auszusprechen, dass der Himmel keine Wolken trug, löste zwar kein Wohlgefühl aus, doch bereits sah er sich durchs bloße Sprechen als denjenigen, der den wolkenlosen Himmel betrachtete und damit als eine Figur unter vielen. Ein Gefühl von Entspannung konnte mit den kurzen Sätzen einhergehen. Fühlte er sich dieser Tage in Räume eingeschlossen, reichte es auszusprechen, dass die Maserung der Tischplatte nicht parallel zur Kante verlaufe und schon öffnete sich etwas in ihm. Dies konnte umgekehrt aber auch dazu führen, dass ihn ungenaue Arbeiten beklemmten, bis er sich sagte, dass es gut und richtig sein könnte, was da ungenau gefertigt wurde, dass es also gut und richtig war, dass die Maserung nicht der Kante der Tischplatte folgte. Doch, wer war er schon, dass er gewusst hätte, was «gut» und richtig sei? Bestimmt musste die Maserung eigentlich doch parallel verlaufen. Die Verschiebung war doch gerade solcherart, dass sie kaum zu bemerken gewesen sei. Wiederum: Ist es nicht erst dann wirklich eine Verschiebung, wenn es nicht aufmerken lässt?

Die gewünschte Weite ließ also doch noch auf sich warten und so kam es Kat selbstverständlich vor, wieder nach draußen zu gehen. Er wollte gehen, oder besser fahren. Er musste sich einer Beschleunigung hingeben, welche die Potenz seines eigenen Körpers bei Weitem übertraf. Aus sich herauskommen. Weshalb nicht in den Ort fahren?

Nachdem Isabelle auf die Überlandstraße einbog, bat sie Kat, seine Hand auf die Innenseite ihres Oberschenkels zu legen.

Während der Fahrt blickte er über die Landschaft. Erst die schnelle Verschiebung seiner Position ermöglichte ihm, jenes Unsichtbare zu sehen, das sich aus dem Stand heraus nicht erblicken ließ: Eine gewisse Gesamtheit oder wenigstens Unzahl an Blicken. Der Überschuss an Sicht und dies alles als ein fortwährendes Blicken. Doch war es nicht derselbe Blick, den er nun erinnerte, der in unsichtbarer Schnelle der Augenbewegung beim Lesen gleich von Fixpunkt zu Fixpunkt sprang, damals, als er auf dem Pferd mit dem Farantheiner nach Springfrühwasser ritt? Jener Blick war nur so durchschossen von blinden Augenblicken. Doch war ein Augenblick nicht genau das, ein Blick zwischen dem Blicken? Der unsichtbare Moment, der erst alle Sicht ermöglichte?

«Wohin möchtest du denn fahren?» Sie erreichten bereits das Zentrum der Ortschaft.

«Vielleicht sollten wir uns eine Uhr kaufen», sagte Kat. Nun hatte er es bereits ausgesprochen, denn eigentlich fand er nie, was er suchte, wenn er danach suchte. Es müsste ihm zufallen. Brauchte er etwas Bestimmtes und suchte er dann in den Auslagen und Geschäften danach, so würden ihn alle Variationen des gesuchten Gegenstandes nur enttäuschen. Gerade weil er keine klare Vorstellung vom Gewünschten hatte. Deshalb kam es auch immer zu unangenehmen Situationen mit dem Verkaufspersonal. «Ja, wie wünschen Sie es denn?», wurde er gefragt, worauf er ohne Antwort das Geschäft verließ. Er mied deshalb Einkäufe. Und musste es doch einmal etwas anderes als Essware sein, fuhr er lieber die vier Stunden bis zur Großstadt oder wenigstens bis zur nächsten Ortschaft. Er fürchtete, sich im Ort zum Gespött zu machen.

Isabelle lachte. «Dein Versuch, dich nicht lächerlich zu machen, ist doch das einzig Lächerliche an dieser Geschichte.»

Im Ortskundemuseum wurden seltene Edelsteine, aber auch gewöhnliche Kristalle ausgestellt, die zu großen Teilen in der weiteren Umgebung ausgegraben, oder, wie der Blickfang der kleinen Sonderausstellung, zufällig auf der weiten Ebene gefunden wurden; in der Mitte lag ein fußballgroßer Meteorit in einer verglasten Vitrine. An einer Seite berührte das außerirdische Gestein beinahe das Glas. Das muss so vorgesehen sein, bemerkte Kat, als er auf das Objekt zuging. Denn neben der Scheibe hing ein kleines Vergrößerungsglas, mit dem er nun die angeschliffene und polierte Oberfläche des Meteoriten genauer betrachten konnte, während Isabelle daneben den Ausstellungstext las. Von der rigiden Anordnung eines sonderbaren Gefüges aus Schraffuren und trapezförmigen Flächen, das je nach Lichteinfall aufleuchtete, sonderbar gerührt, schien Kat die Frage nach außerirdischem Leben mit einem Mal beantwortet: «Wenn diese Steine nicht lebendig sind», sagte er zu Isabelle. «In diesem Moment empfinde ich nicht nur die übliche Ruhe, die das Gemüt überkommt, wenn man sich angesichts der Verhältnisse in der Natur seines Zwergendaseins bewusst wird, vielmehr erkenne ich unsere Komplizenschaft, die scheinbar weit über das hinausreicht, was auf diesem Planeten wächst. Das ist ein Gemälde, Isabelle, genau weil eine Nachzeichnung davon all die ungenauen Einschüsse nicht vergessen dürfte, die dieser Struktur ihre so sagenhafte Bauweise verleiht, möchte sie neben dem Meteoriten bestehen.»

«Bei Rubidell tranken die beiden später aus einem Becher die süße Flüssigkeit, die den Raum zwischen den Eiswürfeln auffüllte», sagte Kat beschwingt, als die beiden ausgetrunken hatten und er die Rechnung verlangte.

In einem Gemischtwarenladen fand sich neben der Kasse eine Kommode, in deren verglasten, oberen Schublade eine kleine Auswahl an Uhren und Schmuckstücken auflag. Kat konnte sich nicht eingestehen, dass die Uhr, die Isabelle daraus, ohne zu zögern, heraussuchte, zu ihm passte und dass er Gefallen an ihr fand.

Als später beim Stallbesuch im Zuge einer selbsterfüllenden Prophezeiung das Armband am Saum riss, der um die Schnalle geschlagen war, fühlte er sich dennoch nicht bestätigt, obschon er deutlich hörte, wie sich inzwischen das Timbre seiner Stimme verändert hatte. Davon ermutigt, verschwand der Wunsch, auf die Bloßstellung des Pferdediebes zu verzichten. Hatte sich dieser – insofern er Diebstähle beging und damit eine fälschliche Zuweisung der Schuld auf Unbeteiligte auf sich nahm – nicht bereits selbst überführt?

Und schließlich musste er doch auch Isabelle darüber in Kenntnis setzen. Was, wenn sie jemand anderen verdächtigte und er aber die Wahrheit wusste?

Wie aus dem Beschuldigten ein Beschuldigter wurde

«Indem sich der Gärtner kurz an den Strohhut griff, grüßte er Isabelle und Rihs, die vom Haus zum Geländewagen gingen. Im Einsteigen schaltete Rihs das Funkgerät ein und steuerte das Frequenzrad auf die verabredete Ziffer. Nachdem sich Isabelle ans Steuer gesetzt hatte, klopfte der Gärtner an die Scheibe. Isabelle drehte die Scheibe hinunter und der Gärtner berichtete ihr, dass der Transporter des Verdächtigen vor gut zwanzig Minuten vom Gutshof gefahren sei. Als ob Worte dafür nicht ausreichen würden, deutete er in Richtung der Überlandstraße und sagte, dass der Wagen gegen Süden losgefahren sei. Isabelle bedankte sich mit einem verkrampften Lächeln und sagte, dass sie dies bereits wüsste.»

Obschon der Gärtner und Rihs, aber auch Isabelle, spätestens seit den Plänen zur Überführung des Pferdediebes von der möglichen Schuld des Verdächtigen in Kenntnis waren, eröffnete Rihs – als folgte er dabei den Anweisungen eines etwas unleserlich niedergeschriebenen Drehbuchs – den beiden abermals die Vermutung, dass es sich beim Fahrer des Transporters um den Pferdedieb handeln und dass diesem gleich das Handwerk gelegt würde. Es sehe ganz so aus, sagte er, als stünde der Beschuldigte hinter den Diebstählen in der Gegend, so sprach er mit einigen langen Pausen zwischen den Worten. Ehe der Gärtner zum Antworten kam, erstaunte sich Isabelle darüber, dass noch andere Pferdeställe «in der Gegend» bestohlen worden seien. Der Angestellte öffnete seinen Mund, doch Rihs schilderte bereits den Diebstahl auf dem Freiländer-Pferdehof, indem er von vermissten Pferden sprach. Er redete auch von den Gesprächen bei Rubidell im Café, indem er von einem «Herumhorchen» sprach. Und hätte er auch dies nicht bereits zigmal gesagt gehabt, erklärte er den beiden noch einmal, dass er und Kat den zu Beschuldigenden bereits seit Tagen schon des Diebstahls verdächtigten.

Isabelle erinnerte sich an dieser Stelle nicht an das Telefongespräch mit dem Verdächtigen, bei dem ihr dieser davon abgeraten hatte, Kat einzustellen.

«Frau Isabelle ...», versuchte nun der Gärtner die beiden zu unterbrechen. Doch Isabelle fragte Rihs bereits, ob Kat den Beschuldigten wirklich so lange schon verdächtigt habe. Als Rihs zur Antwort indes nur seinen Kopf bewegte, gelang es dem Gärtner, die beiden darauf hinzuweisen, dass es nicht der Verdächtige sei, der den Wagen des zu Beschuldigenden lenke.

«Was?», fragten Isabelle und Rihs erstaunt.

«Derjenige, den ihr verdächtigt, die Pferde gestohlen zu haben, dem ihr auflauern und in seiner Schuld habhaft werden wollt, den ihr hochgehen lassen, stellen, fassen und festnehmen oder zumindest den zu solchen Handlungen Befugten aushändigen wollt, denjenigen habe ich vor wenigen Minuten gesehen, wie er seine Sachen – eine Tasche aus schwerem Tuch, ein Paar Stiefel und einen offensichtlich persönlichen Gegenstand, denn eine andere Funktion als die Erinnerungspflege wüsste ich diesem Ding nicht zuzuschreiben – zu Pousys Lieferwagen trug, der an den Lüftungsgittern zugerostet war. Ich vermutete erst, er leihe sich den Wagen. Doch die kurze Dauer, die er mit mir zugewandtem Rücken an der Fahrertür zubrachte und der Umgang mit den Befestigungsträgern räumten diese Zweifel sogleich aus. Wahrscheinlich begab dieser Mensch, dem das Stehlen entweder im Blut lag oder durch zahlreiche Wiederholungen inzwischen ganz leicht fiel, einen weiteren Diebstahl. Denn inzwischen steht der Wagen nicht mehr an derselben Stelle», sagte der Gärtner und wies darauf hin, dass er dies bereits vor Minuten habe sagen wollen. «Hastig» wird die Bewegung beschrieben, mit der Rihs den Lautstärkeregler und das Frequenzrad verwechselnd sich an Letzterem verdrehte. Ebenso hastig suchte er sogleich wieder den Kanal, während er gleichzeitig nach dem Mikrofon tastete, das ihm auf die Fußmatte gefallen war. Und so drückte er auch ordentlich auf den Sprechknopf, als er Kat funkte, dass dieser, der ihm versicherte, dass er ihn klar und deutlich höre, dem Falschen folge.

Die Beschreibung lässt an dieser Stelle nicht die Geräusche aus, die Isabelle durch das Funkgerät hörte, nachdem Kat den beiden den Erhalt der Nachricht bestätigt hatte: Das freie Spiel der Füße über Gaspedal, Kupplung und Bremse, die Schaltung und irgendwo das altbekannte Quietschen der Reifen. Danach befahl Kat den beiden, den Verdächtigen auf keinen Fall entkommen zu lassen und fragte sie, ob sie seine Nachricht verstanden hätten. Verstanden, antwortete Rihs.

Mit dem Gärtner eilte er davon.

Isabelle lauschte dem leisen Brummen, das aus dem Lautsprecher des Funkgeräts dringt, wenn keine Meldung erklingt. Sie folgte den Bildern, die sich ihr dabei in schneller Folge einstellten.

Welche Tat der Verdächtige zu jenem Zeitpunkt genau begangen haben soll, damit man davon hätte sprechen können, dass er auf «frischer Tat» ertappt worden sei, wusste indes keine der involvierten Personen genau. Wenig später wird es heißen: «Die Geräusche eines schnell fahrenden Lieferwagens rissen sie aus ihren Gedanken.»

Isabelle wird sich zum Wagen hin umdrehen, der hinter dem Haus und in der Heckscheibe zum Vorschein kommt und auf das Tor zufährt. Sie wird den Motor starten und ebenfalls auf das Tor zusteuern. Während ihr Fuß das Gaspedal durchdrücken wird, wird ihre Hand nach dem Stecker tasten, doch der Gurt wird sich nicht lösen lassen. Durch die Frontscheibe des Lieferwagens wird sie unter den schnellen Spiegelungen der Bäume im Gesicht des Verdächtigen «Angst und Überraschung» erkennen, bevor sich auf seltsame Weise für einen Sekundenbruchteil ihr eigenes Gesicht spiegeln wird.

«Wann kommt der Sheriff mit seinen Leuten?»

«Jeden Moment.»

Farantheiner

Er könne ihren Ärger gut verstehen, hatte der Notar gesagt. Ärger, hatte Isabelle geantwortet und ihn dabei bei seinem Namen genannt. Sie hatte ihn gebeten, ihr das Testament ein weiteres Mal zu eröffnen und dann zum Fenster geblickt.

Der Notar las aus dem Testament vor und unterbrach sich sogleich, um eine Stelle in freier Rede und mit einer Bemerkung zum Erbschaftsrecht zu erklären.

Sie verstehe nicht, sagte Isabelle, was seinerseits der Notar als eine Aufforderung verstand, noch einmal eine bestimmte Stelle vorzulesen oder zu erläutern. Er wartete also darauf, dass ihm Isabelle erklärte, was sie nicht verstand und so entstand einer jener Momente, die vom Klicken eines Kugelschreiberverschlusses oder vom Summen einer Klimaanlage ausgefüllt sind.

Sie verstehe nicht, sagte Isabelle.

Eben hätte sie noch von einem Riss gesprochen, den die Trauer aufgebrochen habe, nur um sich dann in die entstandene Lücke zu legen. «Trauer, was für ein Wort. Und doch war es Trauer, die diese Stelle seither ausweitet. Ausweitete, sich darin ausgedehnt und mich hineingezogen hatte, mich taumeln ließ. Ich bin geschwommen, voll vor Trauer. Doch mit einem Mal ist dieses Gefühl verschwunden. Wegen der Wut, glaube ich. Ich glaube, ich bin gerade voller Wut. Ich verstehe nicht.»

Sie schaute dem Notar auf die Hände. Er öffnete den Kugelschreiber, nur um ihn wieder zu schließen. Dann schob er die drei Blätter des Testaments zurecht und las weiter. Sein Husten unterbrach dabei wiederholt seine Rede. Als er die Seite zu Ende gelesen hatte, blickte er rasch auf und schob dann das obere unter das untere Blatt und fuhr weiter. Nach einigen Zeilen musste er erneut husten. Sollte sie darin etwa ein Muster erkennen, nervte sich Isabelle und wurde zunehmend ungeduldig. Mit jedem vorgetragenen Wort wurde sie wütender. Als er schon wieder hustete, sah sie, wie sie den schweren Kugelschreiber in den hustenden Rachen schob. Ihre Trauer hatte sich gänzlich in Wut umgewandelt, und es schien ihr, als hätte das Beseitigen dieses traurigen Menschenlebens nicht nur das Testament beseitigt, sondern auch ihre – gerade eben noch aufrichtige – Trauer wieder herstellen können. Sein ganzes Auftreten hätte ihre Tat geradezu gerechtfertigt. Er brauchte bloß noch ein weiteres Mal zu husten – Isabelle schaute durch den Raum. An der Wand hing eine schlechte Fälschung eines bekannten Gemäldes, das sie noch aus dem Schulbuch kannte und ihr bereits in der Reproduktion des Originals missfallen hatte. In einer Vase steckten verschieden eingefärbte Tulpen und Rosen frei durcheinander. Isabelle spürte einen Schmerz in der Brust, der vom Umschlagen des Mitleids in Abscheu und Ekel rührte. Sie konnte in der Ausgestaltung und Einrichtung seines Arbeitszimmers nichts anders als die Bestätigung seiner Erbärmlichkeit erkennen. «In seiner beruflichen Tätigkeit von den Mitbürgern geschätzt, glaubt dieser Mensch wohl sein scharfes Urteil auch in Geschmacksfragen anwenden zu können. Er sieht sich erfolgreich und glaubt nicht nur zu wissen, ob andere erfolgreich sind, er glaubt auch zu wissen, ob eine Arbeit, auch eine künstlerische, erfolgreich und – so zumindest seine Meinung – deswegen gut sei. Nichtsdestotrotz weiß er damit nichts Besseres anzustellen, als sich eine Nachbildung, ja, eine schlechte Fälschung ins Arbeitszimmer zu hängen», dachte Isabelle. Für einen kurzen Moment heiterte sie dieser Gedanke auf, doch dann wurde ihr schlecht vor Wut. Dass ihr Vater also über seinen Tod hinaus auf ihr Leben nicht nur Einfluss ausüben, sondern ganz bestimmte Bedingungen an ihre Zukunft stellen würde, empfand sie als schweren Übergriff. Dass darüber hinaus ausgerechnet ein missglückter Lackaffe diesen Willen vortrug, war eine seltene Demütigung. Sie konnte nicht anders, als alles Weitere ebenfalls als eine Folge dieser aufgezwungenen Unabwendbarkeit zu lesen. Dass der Schreibtisch nicht längs der nach Süden zeigenden Fenster aufgestellt wurde, bestätigte nicht nur diesen Gedanken, sondern überhaupt ihre ganze, körperliche Abneigung. Ebenso, dass die Vorhänge an ihrem Saum Staubfetzen versammelten. Mit wenigen Worten habe eine Person, der sie sich über lange Strecken ihres jungen Lebens gar nicht habe zuwenden können, sondern deren Fernbleiben an ihrer Stelle zum Bezugspunkt geworden und die also nicht nur verfrüht abgelebt sei, sondern ..., eben; habe diese Person – wieder in ihrer Abwesenheit – mit wenigen Worten sich ihrer, Isabelles, Zukunft bemächtigt in einer Weise, die wohl ihre körperliche Ordnung zusammenhalten solle, doch freilich diese durch ihr Lenken komplett missachtet, dachte Isabelle. Sie trank einen Schluck aus dem halbleeren Wasserglas, das ihr der Notar bei ihrem Eintreffen unter betont einladendem Gestikulieren hingestellt hatte. Die beiden darin schwimmenden Zitronenschnitze kippten, als sie nun das Glas hob, und bildeten einen kleinen Damm. Als ihre Hand dessen ungeachtet das Wasserglas weiter anhob, um endlich Wasser an den Lippen zu spüren, klappten die Schnitze um und Wasser schwappte in einem Schwall auf ihren Mund zu. Isabelle verschluckte sich und verschüttete etwas auf den Boden. Auch wenn sie es eigentlich «besser wusste», kam sie nicht umhin, dies nicht auch als eine Folge dessen zu sehen.

«Es blieb ihr also nichts anderes übrig», als sich mit einem tiefen Ausatmen, dem Richten ihrer Halskette und einer Bemerkung zum Wetter zu verabschieden; und dem Notar, auf seine Frage hin, wie sie sich denn nun entscheide, den Inhalt des Wasserglases ins Gesicht zu schütten.

Während sie die Treppe hinunterstieg, versuchte sie im Zählen der Stufen einen Reim auf diese zu machen.

Als sie draußen den kleinen Kirchturm sah und die Zeit an den unscharfen Zeigern nicht genau ablesen konnte, verstand sie dies als Aufforderung. Als sie zu ihrem Wagen ging, fiel ihr auf, wie oft ihr Gang doch davon bestimmt war, sie zu ihrem Wagen zu führen. «Und schon wieder gehe ich doch bloß *zu meinem Wagen.* Als liefe ich ständig nur von Wagen zu Wagen. Als stiege ich nur aus dem Wagen, um später wieder in diesen hineinzusteigen. Als sei das Geschehen außerhalb des Wagens nur dazu da, die Zeit dazwischen auszufüllen, die Ereignisse nur dazu da, sich im Wagen von ihnen abzuschotten, von ihnen wegzufahren, an ihnen vorbeizufahren, um so das größte Ereignis zu erleben, jenes nämlich einer den Ereignissen vorbeiziehenden Einförmigkeit. Vorbei, zeitgleich und gewesen. Immer zur selben Zeit und dadurch verschoben und entrückt.»

Dass sie nun den Wagen zweimal starten musste und dass ihr in diesem Moment der Müllwagen entgegenfuhr, konnte sie nicht anders als eine späte, oder eher verfrühte, Folge jener ihr vorgetragenen Worte verstehen.

Dass ein Lichtsignal direkt neben dem Lebensmittelgeschäft errichtet worden war und die Eingangstür zu Rubidells Café nordwärts zeigte, dass neben der Bücherei eine Buche wuchs und ein blaues Fahrrad dort an der Hauswand lehnte, dass die nächste Straße rechts abging und ausgerechnet hier ein Fußgängerstreifen auf den Asphalt gemalt worden war, dass genau dort, an jener Wand, und nicht etwa an der gegenüberliegenden, eine Hypothekenbank mit besonderen «Konditionen» warb, dies alles schien ihr nicht mehr selbstverständlich, vielmehr begegnete es ihr jetzt mit einer Zwangsläufigkeit, die sich nicht länger aus dem unbedarften Umstand ergab, einfach da zu sein, sondern restlos von der Art und Weise bestimmt war, wie sich die Dinge darin zeigten und genau dadurch unsichtbar wurden. Diese ausgeprägte Achtlosigkeit war für Isabelle nicht mehr abzustreiten und wurde von ihr als eine stille Offenbarung, als ein endloser Spott empfunden. Die Ordnung, nach der die Dinge gebaut und eingerichtet wurden, die Selbstvergessenheit, aber auch eigensüchtige Eile, mit der die Menschen ihren Tagesgeschäften nachgingen, die scheinbare Zwanglosigkeit, mit der sie ihre Hunde spazieren führten, all das wollte ihr doch nur zeigen, wie ausweglos vorbestimmt die Aneinanderreihung der Fälle war, mitsamt ihren Folgen.

Sie fuhr aus dem Ort hinaus. Zu beiden Seiten rollten sich trockene Grasflächen und bewässerter Ackerbau aus, in der Ferne die Erhebungen des Geländes. «Eben!», sagte sie laut und fuhr meilenweit auf der geraden Straße.

Von der gelobten Einförmigkeit fühlte sie sich verraten, je weiter sie durch die Landschaft fuhr. Alles steckte unter derselben Decke, unter derselben Sonne. Was ihr sonst ein Trost sein konnte, empfand sie nun als schweren Verrat. Die Landschaft und ihre Gegenstände verschoben sich über die Jahrtausende mit demselben Selbstverständnis, mit dem die Menschen Städte bauten, um sich dann darin zu bewegen. Dass dies immerfort und in die immergleiche Richtung geschehen musste, das war der eigentliche Skandal – gerade angesichts der ganzen Schönheit, mit der dies vielleicht geschah.

Noch fuhr sie weiter und an ihr vorbei zog die Umgebung. «Als wäre dies mein lächerlicher Versuch, mit dem

Wandel Schritt zu halten. Indem ich aufs Gas trete, will ich keine Spur hinterlassen. Ist das so?»

Die ausgerissenen Büsche, die nach den Feldern durchs karge Bild rollten, das Geröll und dahinter die trockene Wiesenlandschaft: Isabelle sah in der ihr vertrauten Einöde auch nicht in Ansätzen jene Wildnis wieder, wie sie ihr noch vor wenigen Stunden begegnet war, vielmehr sah sie darin nur die letzten Verästelungen einer Ordnung, deren Regeln sie aufgrund der Größenverhältnisse nicht erkennen konnte. Der Ursprung ihrer wiederaufschäumenden Wut war keine Enttäuschung darüber, dass sie die Bauweise nicht begreifen konnte, weil sie etwa keine Einsicht in die Pläne hatte, sondern weil die Pläne offen vor aller Augen da lagen, ausgebreitet. Hier, seht her! Ihr Versteck lag in der Blöße, die sich die Dinge gaben, in ihrer Anschaulichkeit. Um zu begreifen, müsste sie sich abwenden, doch nicht nur wollte Isabelle das nicht, es fiel ihr schlicht nicht zu. Für einen Augenblick wünschte sie laut, sich los zu sein, doch verschwand dieser Wunsch wie auch alle weiteren Empfindungen in jenem Gedanken einer rücksichtslosen Gegenwart der Dinge. Rücksichtslos, dachte Isabelle, insofern ihr nichts auch nur die leiseste Sicht auf seine Rückseite erlaube. Im Gegenteil war doch alles immerzu «davor», «angesichts», *draußen*. Dieses unbehagliche Gefühl dehnte sich in Isabelle weiter aus, dass sie es – übermächtig wie es inzwischen war – als sie vollständig ausfüllend und ihr gerade deshalb unzugehörig empfand. Auch das Gefühl lag vor ihr wie die anderen Dinge, doch in seiner Größe zu weit entfernt, als dass sie es hätte fassen können. Sie selbst erschien ihr inzwischen, als hätte sie vor Jahren in einem Buch von dieser Person

«Isabelle» gelesen und ihr Leben hinterher damit zugebracht, sich jener Sprache und Erzählung anzugleichen. Auch Zufälle, Möglichkeiten und Spielweisen fielen in diesen unscheinbaren, nun wieder deutlich spürbaren Riss einer vollkommenen Unabwendbarkeit, bestätigten ihn, indem sie ihm im Einzelnen deutlich widersprachen. Dass etwas anders sein konnte, war nur ein weiterer Beleg dafür, dass nicht alles war, wie es ist, doch wie es gewesen sei und deshalb immer noch war, immer nur gewesen sein konnte, sein wird und ist. Genauso fielen die Zeiten und Träume darein, in dieses Draußen hinein und damit hier, auf eine Landschaft, hernieder, die als Fläche sich nun zu leichten Gesteinsformationen aufbäumte, durch die sich die Straße schlängelte, und auf der in der Ferne der Weinberg in die Höhe schoss.

Ulmen warfen diesmal ihre Schatten durch die Frontscheibe. Ein dunkler Scherenschnitt wickelte sich über Isabelle und die Armaturen ab. Sie kurbelte das Fenster herunter, ließ den kühlenden Fahrtwind herein und lauschte dem Blätterrauschen, das sie für einen flüchtigen Moment lauter als das Motorengeräusch hören konnte. Der Wind spielte in den Baumkronen mit den Ästen, als wären sie seine Schulklasse.

Isabelle parkierte den Transporter im Hof und ging erst auf das Gebäude zu, setzte sich dann aber auf den Brunnenrand. «In Gedanken saß sie noch immer im Büro des Notars.» Sie musste abermals an den Arbeitstisch denken. Dass dieser nicht andersherum hingestellt worden war. «Es war einfach so.» Alles war so selbstverständlich und doch schien es jetzt wieder über diesen Zustand hinauszutreten und Isabelle vom Brunnen in den Hauseingang zu folgen, hinein in die Ausdrücklichkeit, in die Bestimmtheit, den Nachdruck, hinein in den ungefähren Ausdruck.

Wie sie im Arbeitszimmer Kat befahl, seine Füße vom Tisch zu heben, hob er diese vom Tisch, wie er sie auf ihre Begrüßung hin auch zurückgrüßte. Als spräche jemand anderes an ihrer Stelle, fielen aus ihrem Mund die Worte und hörte sie ihnen vage zu, sie sprach etwas von Kats Anstellung. «Als hätten wir das gemeinsam einstudiert», dachte sie. Als könnten sie über nichts anderes sprechen, während die Unabwendbarkeit der Umstände einer Druckwelle gleich auf ihren Körper drückte. «Einer Druckwelle gleich ... sag doch *wie!* Oder wenn, dann gleich bilderlos. Sag doch, wie's ist», dachte sie. Auf die Frage nach ihrem Wohlbefinden antwortete sie mit einer Redewendung, entdeckte dabei jedoch, dass ihr Gemütszustand ganz verschiedene Empfindungen versammelte oder eher, dass in jeder ihrer Empfindung immer auch eine andere mitschwang und dass ihre Trauer auch eine Trauer dieser selbst war, eine Trauer darüber, sie nicht gesondert wahrnehmen zu können, nicht «nur» trauern zu können. Vielleicht entstieg auch daraus jene Wut, denn was war dieses Testament schon, als dass sie es nicht durch eine Scheinehe hätte umgehen können?

Wie sie ihren Plan fasste, weihte sie Kat in diesen ein.

Derweil flog durchs offene Fenster eine Fliege herein. Ein Punkt.

Beim Betrachten dieses Punktes war es ihr, als dehnte er sich aus – indessen ohne sich zu vergrößern, und als flößen das unvermittelt Erlebte, aber auch Erinnerte und Erzählte in diesen Punkt hinein. Ohne sich zu verschieben, dehnte er sich weiter aus. Und so stürzten auch alle Bilder und Spiegelungen der vorhergegangenen und nächsten Tage und alle Gewissheiten und Möglichkeiten, davon zu sprechen, in diesen Punkt hinein.

Alles war einerlei und darin verschieden. Sie brauchte nur davon zu erzählen.

*_Alle in_ magerem Schriftschnitt _gesetzten Textpassagen stammen aus «Für eine Nacht ohne Tabus» von Sandy Steen, erschienen 2009 in «Tiffany Exklusiv Band 3», Cora-Verlag, Hamburg._

Der Autor

Patrick Savolainen, geboren 1988 in Malaga, studierte am Literaturinstitut in Biel und an der Hochschule der Künste Bern. Er lebt und schreibt in den Nordischen Ländern und in der Schweiz.

- 2014: [illegible]: [illegible]
- [illegible]
- [illegible] ([illegible])
- [illegible]: [illegible]
- Trivialroman [illegible]
- experimentell

[illegible]: [illegible] Sibylle